赤川次郎

逃げこんだ花嫁

実業之日本社

実業之日本社文庫

目次

逃げこんだ花嫁 5
プロローグ 6
1 美少女登場 19
2 平和と戦争 30
3 危機一髪 46
4 夜の騒音 60
5 家出した玲香 72
6 皆殺しの歌 84
7 案外まともなデート 97
8 父親の名乗り 111
エピローグ 133

花嫁学校の始業式 137
プロローグ 138
1　お節介 144
2　訪ねて来た男 162
3　危ない一目惚れ 183
4　病院の混乱 205
5　哀しい男 221
6　困った昼休み 242
7　新校長誕生 259

この作品は、
一九八七年十月に実業之日本社よりジョイ・ノベルスとして、
一九九〇年九月に角川文庫として刊行されたものです。

逃げこんだ花嫁

プロローグ

ガツン！

あ、痛い……。

何かが頭にぶつかって、塚川亜由美《つかがわあゆみ》は目を覚《さ》ました。

どうしたのかしら？　私みたいに寝相のいい人間が（せいぜい、ベッドで、朝になると、頭と足の向きが逆になってるくらいだ）、どこかに頭をぶつけるなんて。

これは絶対に、ぶつかって来た方が悪いんだわ！――亜由美は憤然《ふんぜん》として、起き上って、ガン、とまた頭をぶつけた。

「痛っ！」

と、思わず声を上げる。

すぐわきで、ウーンとうめく声がして、

「何よ、亜由美、もう起きたの？」

「――え？」

亜由美は、まだ半分ほども覚め切っていない目をこすって、「聡子《さとこ》じゃない。私のベッドで何してんの？」

「何言ってんのよ、寝ぼけちゃって」

と、同じ私立大の文学部に通う親友、神田《かんだ》聡子は呆《あき》れたように、「車の中よ、車の中」

「車?」

そうか。自動車の中で、眠っていたのだ。

――これじゃ狭苦しいのも当り前で、何しろ、大型とは言いかねる車で、四人が一夜を明かしたのだった……。

その四人というのが、男女それぞれ二人ずつだったからといって、色っぽい想像をしてはいけない。もちろん同じ私立大学の仲間たちで、よき友人ではあっても、「恋人同士」と呼べるほどのカップルではなかったし、かつ、こんな狭苦しい所でラブシーンを演じようという物好きでもなかった。

なぜ、四人がこの車の中で一夜を過すはめになったかといえば、前夜遅く、山道を抜けて、小さな温泉町に着くはずだったのが、三メートル先も見えないという、猛烈な濃霧《のうむ》に襲われて、ついに進めなくなってしまったからである。

無理に進んで崖《がけ》から落ちることには誰《だれ》も賛成しなかったので、四人して、狭い車内で一夜を明かすことになったのだった。

夏とはいえ、山の中だ。夜はひんやりと肌寒《はだざむ》いほど気温が下がり、狭い車の中も、決して寝苦しくはなかった。

「夜が明けたのか……」

と、亜由美は欠伸《あくび》をして、「頭にぶつかったのは何かしら？」

「天井でしょ」

「その前よ」

聡子は肩をすくめて、

「何か夢でも見たんじゃない？」

と、とぼけた。

どうやら、実際のところは、聡子が伸《の》びをして、握《にぎ》り拳《こぶし》で亜由美の頭をガツン、とやったらしいのだが、そうは言えない。

「そうかなあ……」

と、亜由美は首をかしげている。

「それより――ほら！　もう朝よ。すっかり霧も晴れてる！」

と、聡子は話をそらした。

「すっかりは晴れてないじゃない。でも、外へ出てみようか」

男二人は、ガーッ、ゴーッ、といびきをかいて眠ってしまっている。亜由美と聡子は、車から、外へ出てみたが……。

「キャッ！」

と、聡子が変な声を上げた。

「どうしたの？」

車の反対側へ降りていた亜由美が、車の後ろを回って行くと、

「危ないよ！　亜由美、足下《あしもと》――」

「え？」

聡子の言葉で、目を足下へ向け、亜由美は仰天《ぎょうてん》した。

車は、道のわきへ寄って停《とま》っていたのだが、あと二メートルも「わきへ寄って」いたら、崖から落ちているところだったのだ。

「参ったね！」

「こんな所で眠ってたんだ……」

と、呟《つぶや》くと、聡子は、ヘナヘナと座り込んでしまった。

正に「知らぬが仏」という奴《やつ》である。

もう大分明るくなって来てはいたが、霧はやっと晴れつつあるところだった。

特に、足下から落ち込む崖の下は、谷川の流れらしく、水音は聞こえていたが、その谷全体に霧がたまって、ゆったりと流れつつあり、どれほどの深さなのか、見当もつかなかった。

「山らしい風景ね」

と、やっと少し落ちついて来た亜由美は言った。

「うん。——でも、まだ膝《ひざ》が震《ふる》えてるよ」

と、聡子は言いながら、やっと立ち上った。

「危く、四人で心中ってところだったんだもんね」

「ハクション!」

——亜由美と聡子は顔を見合わせた。

「亜由美、クシャミした?」

「私じゃないわ。聡子……でもないね」

「うん。違う」

そう。——何だか、まだ寝ぼけていて、方向感覚が狂っているのかもしれないが、どうも今のクシャミは、亜由美の足下から聞こえて来たような気がしたのだ。

でも、足下といったら、この崖の下ってことになるし……。

と——崖からヌッと男の頭が出て来て、

「キャッ!」

二人は同時に叫んで飛び上った。

「何だ、女だぜ」

と、その男が言った。

「女？」

もう一つ、男が顔を出す。

――二人の男は、崖をよじ上って来たらしい。

「あ、あの――何でしょう？」

いつもの亜由美らしからぬ（？）ていねいな口をきいたのは、二人の男の内、一人は日本刀、一人はバットを持っていて（しかし、野球をやりに来たようには、見えなかった）、ねじりはち巻、作業服といういでたちだったからである。

「亜由美――」

と、聡子が亜由美の後ろに隠れてしまう。

「何よ、だらしないんだから！」

とは言いながら、亜由美だって怖《こわ》いのである。

「何やってんだ、お前たち？」

と、男の一人が、あまり友好的とは言いかねる目つきで、二人をにらみながら、言った。

「道に迷ったんです、霧で」

と、亜由美が答える。「で、車の中で夜明かしして……」

めてやる！　亜由美はすっかり頭に来ていた。


「何だ、男もいるぜ」

と、一人が車の中を覗《のぞ》き込む。

男の学生二人の方は、相変らずグウグウ眠っている。——全くもう！　後でとっち
めてやる！　亜由美はすっかり頭に来ていた。

「大河内《おおこうち》の奴じゃないのか」

と、もう一人も車の中を覗く。

「こんな生《なま》っちろいのは、どう見ても違うだろうぜ」

と、バットを持った男が笑って、「どこから来たんだ？」

「東京からです」

と、亜由美は言った。「あの——もう出かけようと思ってたんです。夜も明けたし」

「そう急ぐこともねえじゃねえか」

と、抜き身の日本刀を持った男はニヤリと笑って、「この狭苦しい車で四人か。さ
ぞ窮屈《きゅうくつ》だったろう」

「外で寝るよりいいですから」

「乱交パーティってやつか」

と、バットを持った男がへへ、と笑った。

亜由美には、腹が立つと怖さを忘れるという、悪いくせがある。

「そういう下品な想像しかできないんですか」

と、男たちをにらんで、言い放った。

「ほう！　言ってくれるじゃねえか」

と、日本刀をヒュッと振って、「こいつで裸にむいてやってもいいんだぜ」

亜由美とて、斬《き》られるのは好きでない。しかし、こういう男を見ると頭に来てしまうのである。

「やれるもんなら、やってごらんなさいよ！」

と、見得《みえ》を切った。

「亜由美、よしなよ」

と、聡子がつついたが、もう止められない。

「フン、いい度胸だぜ。――あとで泣きごとを言うなよ」

「言わないわよ」

と、亜由美は言い返した。「その代り、服だけを斬るのよ。肌にちょっとでも傷をつけたら、殺人未遂で訴えてやるから！　いいわね！」

男の方も顔を真赤にして、

「こいつ……。いい気になりやがって」

と、日本刀を握り直した。「覚悟しやがれ！」

「――やめるんだ」

と、別の声がした。

いつの間にやら、二人の男の後ろに、もう五十歳近いのではないかと思える、浅黒く陽焼《ひや》けした男が立っていた。髪は半ば白いが、目つきは鋭く、しかし、唇はちょっと皮肉っぽい笑みを湛《たた》えている。

「あ――兄貴」

二人の男が急にパッと退《さ》がって、頭を下げる。

「何やってるんだ」

「へえ、この娘が、生意気言いやがるんで、ちょっとおどかしてやろうと――」

「馬鹿をするもんじゃねえ」

と、その「兄貴」は言った。「俺《おれ》たちはヤクザじゃないんだ。縁もゆかりもない人を巻き込む奴があるか」

「すみません」

と、日本刀の男も頭をかいている。

「それに、お前たち、度胸じゃとてもこのお嬢さんに勝てないぜ」

と、亜由美を見て微笑《ほほえ》むと、「失礼しました。今朝は、これからちょっとした果し合いがあるんで、こいつらも気が立っているんです。勘弁してやって下さい」

「はあ……」

亜由美もホッとした。服だけだって、斬られたら風邪《かぜ》引いちゃう。

「あの――果し合いって？」

と、亜由美が訊《き》く。

「その河原で」

見下ろすと、もう霧はいつしか晴れて、意外にすぐ下を、穏やかな川が流れていた。

その河原に、十人ほどの男たちが集まっている。そして、川を挟《はさ》んだ向う側にも、十人余りの男たち。

誰もが、手に手に、こん棒だの、バットだの、といったものを持って、にらみ合っているのだ。

「そこで――ケンカするんですか」

亜由美は、少々呆気《あっけ》に取られて、「映画のロケか何かで？」

と、訊いていた……。

「ま、外の人にゃ、馬鹿げたケンカとしか見えないでしょうな」

と、その男は言った。「しかし、ここに住む人間にとっちゃ、真面目《まじめ》も真面目、大真面目な決闘なんですよ」

決闘……。そんなものが、この現代に存在してるんだろうか。

亜由美は、その「兄貴」と呼ばれている男が、なかなか頭の良さそうな、どこかさめたものを感じさせるのに気付いていた。

「本当に――斬り合ったりするんですか」

と、亜由美は訊いていた。

「その通りです」

「やめた方がいいんじゃありません？」

と、亜由美は言って、「お節介かもしれませんけど」

と、付け加えた。

「いや、おっしゃる通りですよ」

と、その男は肯《うなず》いて、「やめてしまえば、どうってことはないんでしょう。しかし、長年のいきさつ、ってものがありましてね」

「はあ」

「いや、こうのんびりしちゃいられない。どうぞ、出かけて下さい。ここにいて、下手《へた》に巻き添《ぞ》えを食ってもつまりませんよ」

「分かりました」

と、今度は亜由美も素直に言った。「じゃ、失礼します」

「びっくりさせて、すみませんでしたね。――おい、行くぞ」

と、他の二人に声をかけ、崖を身軽に下りて行く。

「――亜由美」

と、聡子が言った。「これ、本当の話だと思う?」

亜由美も、正直なところ、これが夢じゃないかと思っていたので、ちょっと頰《ほお》をつねってみた。――痛い!

「本当らしいわね」

「じゃあ……」

「早いとこ行きましょ」

と、亜由美は、車の中で、まだグーグー眠り込んでいる男二人を叩《たた》き起こそうとしたのだが……。

「――亜由美、どうしたの?」

「うん……」

聡子は、ため息をついた。こんな出来事を見届けずに行ってしまえる亜由美ではないのだ。

「知らないわよ、けがしても」

「大丈夫でしょ」

と、亜由美は無責任に請《う》け負った。

だが——河原での決闘は、意外な結果に終ることになったのである。

1　美少女登場

「相変らずですな」

と、殿永《とのなが》は笑って言った。

「あら、それ、どういう意味ですの？」

と、亜由美は分り切ったことを訊いてやった。

「もちろん、いつも若々しくて美しい、ということですよ」

亜由美は、ふき出して、

「無理しないで下さい」

と、言った。「どうせ、危ないことに首を突っ込むのが好きだ、と言いたいんでしょ？」

殿永は、否定も肯定《こうてい》もせず、ニヤリと笑って、コーヒーを飲んだ。

——ここは、亜由美の家に近い喫茶店。

亜由美は「恋人」ドン・ファンと共に——いや、本当は「恋犬」なのだが、犬扱いすると怒る、という妙な犬なのである——散歩と称して、やって来た。

待ち合せた中年男の殿永、もちろんご承知の通り、亜由美の「愛人」などではなく、

「愛犬」——いや違った、刑事なのである。

亜由美が、よく事件に首を突っ込んで、困らせている相手だが、どことなく気が合うのか、何かあるとこうしてやって来る。

「しかし、不思議ですね」

と、殿永は言った。

「何が?」

「あなたが、いつも妙な出来事に出くわすことですよ。普通は、一生の内に、一度も殺人事件なんかに出くわさないものです」

「私のせいじゃありません。運命の女神に文句を言って下さいな」

と、亜由美は言い返して、「じゃ、あれも殺人事件に発展したんですか?」

と身を乗り出す。

「いや、今のところはまだです」

「というと?」

殿永は、手帳を取り出して開いた。

「お話のあった辺《あた》りの駐在所に問い合せてみました。——その河原で対決していた二組の男たちというのは、その辺りの二軒の大地主なんだそうです」

「じゃ本当に決闘を?」

「そのようです」

と、殿永は肯いた。「ともかく先祖代々、理由も分らずにケンカし合っていたということでしてね。一軒は大河内家、もう一軒は小山内《おさない》家というのです」

「名前も似てますね」

「大河内家の当主は、大河内勇吉《ゆうきち》、小山内家の当主は小山内光吉《こうきち》。どっちも七十三歳でした」

「へえ！　ご丁寧な話ですね。でも――」

と、亜由美はふと気付いて、「七十三歳でした、というのは？」

「二人とも死んじまったのです」

「殺されたんですか？　それとも相討ち？」

「いや、それならまだ、格好がつくんですがね」

と、殿永は苦笑した。「あなた方が行き合った河原での決闘の朝、二人はお互い、それぞれ、愛人の所で目を覚ましたんです」

「女がいたんですか」

「で、二人とも、いよいよ今朝、長年のけりをつけてやるんだ、と張り切っていたんですね、起きてから、まだ時間があるというので、女に挑《いど》んだわけです」

「挑んだって……プロレスでも？」

と、亜由美は、わざと分らないふりをする。

「そりゃ——つまり、男と女の……。こら！　大人をからかわないで下さいよ」

殿永はハンカチで顔を拭《ぬぐ》った。

「ふふ。——殿永さんって、照れると可愛いですね。で、大河内勇吉と小山内光吉が、女に挑んで、どうしたんです？」

「死んじまったのです」

と、殿永は言った。「いわゆる腹上死というやつですな」

「——二人とも？」

亜由美は目を丸くして、「変なところで仲がいいんですね」

「で、どっちの家も、当主が死んでしまったので、その日は、決闘が見送りになったんですよ」

「じゃ、私たちが見てる時、誰だかが飛んで来たのは、その知らせだったんですね」

と、亜由美は肯いた。

そう。——野次馬根性丸出しで、成り行きを見守っていた亜由美たちだが、結局、両方のグループの所に、それぞれ若い男が駆けつけて来たと思うと、たちまち大混乱。

二つのグループとも、アッという間に引き上げてしまったのである。

亜由美は、もちろん流血の惨事《さんじ》に至らなかったので、ホッとした。——ま、半分、というより三分の二くらいはがっかりした、というのが本音だが。

「じゃ、あの果し合いは、結局お流れになったんですね」

「そういうことです。——現地じゃ大変なようですよ」

「何が？」

「お葬式です。何しろあの辺を二分した大物が同時に死んじまったんですから。村長はどっちに先に行ったらいいか、でノイローゼ寸前だそうです」

「まあ」

亜由美は微笑んで、「でも、それで両方、仲直りすれば、結構なんじゃありませんか」

「そうなりゃいいのですがね」

と、殿永は首を振った。

「まだ続きそうなんですか？」

「その駐在の話では、さすがに、もう何とか衝突は終りにしたいというので、話合いがされるそうです。しかし、何しろ長年のいがみ合いというやつは、もう理屈じゃありませんからな」

「そういうのって、難しいですね」

と、亜由美は肯いて、「私も、どうしても虫の好かない男の子っていますもの。それに、私、数学とも折り合いがつかないんです。長年にわたって」

大分事情は違っているようだったが、亜由美の中では、よく似た状況だったのかもしれない。

「――オス、亜由美！」

と、声をかけて来たのは、聡子である。

「あら、どうしたの？」

亜由美が目を丸くして、「うちに来たの？　よく分ったわね、ここが！」

「お宅のお母さんが言ったのよ、きっとここで男の人と会ってますわ、って」

「――凄《すご》い！」

大体が、母の清美も娘に劣《おと》らず――というより娘以上に――変っている。

「殿永さんか。これじゃ色っぽい話にならないようですね」

と、聡子も、何度も殿永には会っているので、気楽なものである。

「いやいや、分りませんよ」

と、殿永は真面目な顔で、「私も男です。そして亜由美さんは女です」

「まあ、嬉《うれ》しい、女と認めていただけて」

と、亜由美がオーバーに喜んでみせた。

「それより、亜由美」

と、聡子が一緒にレモンスカッシュなど飲みながら、「ドン・ファンはどこに行ったの？」

「連れて来たわよ。店に入れられないから、表で待たせてあるの」

「いないわよ」

「いない？　どうして？」

「私が知ってるわけないでしょ」

「そりゃそうね。でも――どこへ行ったんだろ」

ドン・ファンというのも飼主《かいぬし》に劣らず（？）変っているから、ま、一人でフラフラと出かけても不思議ではない。しかし、何といっても犬である。つい遠くへ来たから、タクシーを拾って帰ろうってわけにゃいかない。

「――ちょっと捜して来るわ」

と、亜由美が立ち上る。「きっと、また可愛い女の子でも見て、フラフラついて行ったのよ」

犬のくせに、人間の女の子が大好き、ときている。

だが、捜しに行くまでもなかった。亜由美が出口の方へ歩きかけると、自動扉《とびら》がガラガラと開いて、ドン・ファンが姿を見せたのである。

「何だ！　ドン・ファンったら、どこに行ってたのよ」

「ワン」

と、ドン・ファンが言った（何と言ったのかは、亜由美にもよく分らないが）。

すると――ヒョイと顔を出したのは、見たところ十二、三歳の女の子。

「この犬、あなたのですか？」

と、亜由美に訊いた。

「ええ。――どうかした？」

「何だか……。この前を通りかかって、気が付いたら、後をついて来てたんです。五分ぐらい歩いてたんじゃないかしら」

「ごめんなさい。この犬、可愛い女の子を見るとフラフラついてくくせがあるの」

その少女は笑って、

「面白い犬！」

と、ドン・ファンの方へかがみ込み、頭を撫《な》でてやった。

ドン・ファンはいい気なもので、さも気持良さそうに、クウーン、と甘ったれた声を出している。

――確かに、ドン・ファン好みの（？）可愛い少女である。丸顔でふっくらとした頬はつややかに光っている。それに、スラリと伸びた足。

ショートパンツ姿なので、ドン・ファンが舌なめずりしてついて行ったのも、なるほどと思えた。

「ごめんなさいね」

と、亜由美はドン・ファンの頭をポンと叩いて、

「ほら、ドン・ファン！　家へ帰るわよ」

「──じゃ、塚川さん」

と、殿永が席を立って、「また、何か分ったら、ご連絡しますよ」

「あら、うちへおいでになればいいのに」

「いや、公僕としては、そうそうさぼってもいられませんからね」

「じゃ、聡子、一緒に帰ろう」

「うん、亜由美、この間の本、読み終った？」

「まだ。もし読むんなら、貸してあげるから先に読んだら？」

殿永は先に支払いを済ませて、店を出た。

亜由美と聡子は、のんびりと歩き出した。──夏休みは楽しいが、ともかく暑い。

もちろん、暑いから休みなので、これが至って快適な気候なら、きっとテストのシーズンだろう。

「──あら、ドン・ファンが」

と、聡子が振り返って言った。

「また？」

と、振り向いて、亜由美は戸惑《とまど》った。

さっきの少女が、五、六メートル遅れてついて来るのだ。そしてドン・ファンは、
といえば、その少女が、少女に寄り添うようにして、歩いているのである。

「全く、もう！　浮気者」

と、亜由美は苦笑いした。

「あの――」

と、少女が言った。「塚川亜由美さんですか？」

「え？――ええ、そうよ」

「良かった！」

少女は、大きく息をついた。「あなたに会いたかったんです」

「そう。――でも、どうして？」

そりゃ、美貌《びぼう》と知性で、多少は名も知られてるけど、と亜由美は結構本気で（！）

考えたりしている。

「お宅へうかがったんですけど」

「うちへ？　じゃ母に会ったの？」

「ええ。でも、お出かけになっていて、いつ帰るか、どこへ行っているかも分らない

って――」

「母がそんなこと言ったの？」

「ええ。時々、フラッと出ては、世界中を回って、十年ぐらいして帰って来る子だからって……」

十年も？　それじゃ私は、一体何十歳になるんだ？

「ごめんなさい。うちの母、少し変ってるのよ」

と、自分のことは棚《たな》に上げて、「私に何か用事だったの？」

「お願いがあって……」

別に亜由美は、女性にひかれるという趣味を持っているわけではないのだが、こんなに可愛い子に頼られると、悪い気がしないのも事実だ。

「じゃ、いらっしゃいよ。うちに上って、ゆっくり話しましょ」

と、快く言ったのである。

もちろん、またしても、大変な厄介ごとを家に招待しているのだということなど、まるで気付かずに……。

2　平和と戦争

「ええ、言いましたよ」

　と、母親の清美が肯いて言った。「それがどうかした？」

「どうかした、って……。お母さん、聡子には私のいる所、教えてやったじゃないの。どうしてあの子には、とんでもないでたらめを言ったの？」

　亜由美は、二階へ持って行く紅茶を、盆《ぼん》にのせながら、そう母親へ抗議した。

「だって、そりゃお前が男の人と会ってると分ってたからよ」

　と、清美は、いささかもひるむことがない。

「男の人ったって、殿永さんよ」

「あの刑事さん？　そうだったの」

「どうして私が男の人と会うと思ったの？」

「そりゃ、顔見れば分るわ。物ほしそうな目つきしてるから」

「人聞きが悪いわねえ！」

　と、亜由美はむくれた。「――あ、砂糖を取って。でも、聡子ならよくて、あの女の子がだめっていうのはなぜ？」

「そりゃ簡単よ」

と、清美はアッサリと、「聡子さんなら、お前が勝てるけど、あの可愛い子じゃ、お前、とってもかなわないからね」

「はっきり言ってくれるわね」

聡子が聞いたら、どう思うかしら？　それに、大体あの子は、いくら可愛くてもまだせいぜい十二、三歳だ。

「ともかく、上で話を聞くわ。お母さん、邪魔《じゃま》しに来ないでね」

「私が邪魔したことあった？」

こう訊き返されると、却《かえ》って返事ができなくなる……。

二階の部屋へ入って行くと、キャッキャとにぎやかな笑い声。

「――ドン・ファン！　やめなさい！」

と、亜由美が顔を赤くして、叱《しか》った。

ドン・ファンが、まるでラブシーンよろしく、あの少女が仰向けになった、その上にのっかって、ペロペロと首筋などなめているのである。

「全くもう！　飼主の品性を疑われるでしょ！」

「ピッタリじゃない？」

などと聡子がニヤニヤしている。

亜由美に頭を叩かれたドン・ファンは、

「クン」

と、鼻声を出して、少々すねたのか、ベッドの上に行って、引っくり返ってしまった。

「――面白い犬」

「ごめんなさいね。何だか、女の子のスカートの中とか、ベッドの中とかに潜《もぐ》り込むのが趣味っていう、変った犬なの。決して、仕込んだわけじゃないのよ」

と、紅茶を出してやりながら、言った。

「いいんです」

と、少女は、紅茶に、砂糖も何も入れずに飲みながら、「好きでもない男になめ回されるより、犬の方がまだ」

亜由美と聡子は、ギョッとして顔を見合せた。――十二、三の女の子の言うこととは思えない。

「あなた――」

と、亜由美が言いかけると、

「申し遅れました」

少女はカップを置き、スッと退がると、きちんと正座した。「私、小山内玲香《れいか》と申します。今年、十三歳になります」

「はあ……」

小山内？　どこかで聞いた名ね、と思った。

「亜由美さんにお願いがあります」

「何かしら？」

「私をかくまって下さい」

「かくまって？」

亜由美は目を丸くした。「あなた――何か悪いことでもしたの？」

「いいえ。ただ、無理に結婚させられそうなんです」

亜由美と聡子は、しばし唖然《あぜん》として、言葉も出なかった。――ドン・ファンもだが、これは犬だから当然だろう。

「あ、あのね――」

と、やっと我に返った亜由美は、言った。「初めから話してくれる？」

小山内玲香というその少女は、却って当惑した様子で、

「私のこと――ご存知ないんですか？」

「ええ……」

まさか――お父さんかお母さんの隠し子じゃないでしょうね！

「そうですか……」

「待って」

小山内。——やっと思い出した！

「じゃ、この間、山の中の河原で決闘しかけた——」

「そうです！　で、亜由美さん、うちの高沢《たかさわ》にお会いになったんでしょう」

「高沢？」

「ええ。小山内の家で、長く働いている人です。私も、子供のころから可愛がってもらっていて」

「ああ。じゃ、『兄貴』って呼ばれてた人のことね」

「そうです。父も、一番頼りにしていました」

「高沢さんっていうの」

確かに、なかなかカッコいい、渋い中年男だったが……。

「だけど——」

と、聡子が言った。「どうしてここが分ったの？」

「車の種類とナンバーを、高沢が憶《おぼ》えていたんです。大学の名前は、車の中で眠ってた学生のシャツに書いてあったって」

「それだけで？」

「高沢は、東京に色々知り合いがいるんですわ」

と、玲香は言った。「その男子学生を突き止めて、その子から、塚川亜由美さんのことを」

「なるほどね」

亜由美は感心するより呆れてしまった。「でも、結婚がどうこうって――あなた十三歳でしょ？」

「でも、お役所で受け付けてくれなくても、夫婦にはなれます」

「そりゃそうだけど」

「それに、子供だって、もう産めるし……」

亜由美は目を丸くした。

「まさか、あなた――」

子供を何とかしたいので、助けてくれ、と言われるのかと思って、一瞬焦《あせ》ったのだ。

「いえ、とんでもない！」

と、玲香は気色ばんで、「私、まだ処女です」

「そうでしょうね。――良かった」

玲香の話は、殿永の聞かせてくれた話と、ほぼ同じだった。

「じゃ、つまり、こういうことね」

と、亜由美は言った。「大河内家と、小山内家の当主が、それぞれ死んだ。その結果、二つの家を、結婚で結び、長い間の争いを終らそうと……」

「はい、そうです」

「でも、亡くなったのは、お祖父《じい》さんでしょ?」

「いえ、父です」

「七十……」

「七十三歳でした」

「じゃ、六十歳の時の子? へえ!」

「子供は私一人なんです」

と、玲香は言った。「ですから、とても可愛がってくれました。でも、ともかく見栄っ張りでしたから」

「見栄っ張り?」

「相手の大河内さんに愛人がいると分って、自分もわざわざ同じ年齢の女の人を囲ったんです」

そこまで行くと、もう子供のケンカに近い、と亜由美は思った。

「それで、一緒に亡くなったんじゃ、世話ないわね」

「本当に、馬鹿みたい! いえ、正真正銘《しょうしんしょうめい》の馬鹿です」

ま、玲香の気持も分るというものである。

「で、あなたの結婚相手っていうのは、当然、大河内さんの子供？」

「そうです。大河内常吉《つねきち》というんですけど」

「やっぱり、十三歳？」

「いいえ」

と、玲香は首を振って、「男と女ってこともですけど、その点だけは、父と大河内勇吉さん、大違いだったんです」

「というと？」

「私の父は、なかなか子供ができなくて、奥さんを五回、取り替えました。で、今の母の時、やっと私が生れたんです」

「お母さんって、おいくつ？」

「今、三十五歳です」

夫の半分以下の年齢だ。

「じゃ、大河内勇吉って人の方は――」

「早く結婚して、すぐ子供ができたんです。今、五十五歳です」

「五十五！――あなたの結婚相手が、その人？」

「そうなんです。いやがるのも、お分りでしょ？」

「分る！」

と、亜由美と聡子は同時に叫んでいた。

かたや五十五歳、かたや十三歳！

これじゃ、普通の親子以上の年齢差である。

「でも、どっちも一人っ子で、この際、もし結婚で両家をつなぐとなれば、私とその大河内常吉しかいないんです。それは分ってるんですけど……」

と、玲香は目を伏せた。「でも――私、せめて、もっと大きくなってから、結婚の相手を決めたいんです。たとえ大河内常吉と結婚するにしても、自分で納得《なっとく》した上でなら――」

「よく分るわ」

と、亜由美は肯いた。

しかし、この少女、十三歳には思えないほど、落ちつき払っている。

「その常吉って人、五十五歳で独りだったの？」

と、聡子が訊く。

「ええ。当然です。だって、だらしのない遊び人で、一度も仕事なんてしたこともない、ぐうたら人間なんですもの」

「へえ」

「しかも、女遊びは派《は》手《で》で、もみ消しに、父親がずいぶんお金をつかったと聞きました」

「ひどい男ね」

「ワン」

と、ドン・ファンも同意した(?)。

「お母さんは?」

と、聡子が言った。「お母さんは反対なさらないの?」

玲香は、ちょっと寂《さび》しげに肩をすくめると、

「母は、私に、常吉と結婚しろと言っています」

「へえ!」

「母は、他に好きな男がいるらしいんです」

と、玲香が言った。「だから、下手に反対して、自分が常吉の相手に、と言われるのが心配なんですわ」

「五十五と三十五。それでも、ずいぶん離れてるわ」

「私、高沢に相談しようと思ったんです」

と、玲香は、少し目を輝かせて、「高沢はとても頼りになるんです」

確かに、亜由美もあの男にはなかなか「切れる男」という印象を受けた。

「で、その高沢って人が、あなたを――」

「果し合いの時、ちょうど出会った女の人が、実に度胸のいい、頼りになる親分だから、その人を頼って上京しなさい、と」

「親分って、それ私のこと？」

亜由美は目を丸くした。「子分っていないけど」

「あら、そこに一匹寝そべってるじゃない」

と、聡子が言うと、ドン・ファンが面倒くさそうに顔を上げて、欠伸をした。

「あんまり当てにはできない子分ね」

と、亜由美は言った。「――で、あなたは一人でこっそりと抜け出して来たわけね」

「そうです。でも、きっと、常吉のことだから、しつこく追いかけて来ますわ」

「そう……」

確かに、亜由美としてはこの少女の立場に同情できる。いくら平和のためとはいえ、十三歳の若さで、五十五歳の男と結婚しろとは、無茶苦茶である。

しかし――亜由美の「立場」というものもあるのだ。

「で、私に何をしてほしいの？」

と、亜由美は率直に訊いてみた。

事態の打開は率直な話合いから、というのが、亜由美のモットーである。

「私をここに置いて下さい」

と、玲香は言った。

「ここに……。この家に、ってこと？」

「はい。何でもしますわ。お掃除《そうじ》、洗濯《せんたく》、買物から、マッサージ、新聞配達、バナナの叩き売り——」

「ちょ、ちょっと待ってよ！」

亜由美はあわてて言った。「あのね、うちはお手伝いさんを置くような余裕ないの」

「でも、お給料はいただきません。ご飯は、何か残りものに、カップラーメンの一つもあれば……」

「冗談じゃないわよ。それにあなた十三でしょ？　中学生よ。学校へ行かなくちゃ」

「そんなこと、どうでもいいんです。ともかく、常吉が諦《あきら》めるまで、身を隠していたいんです」

「どれくらいの間？」

「せいぜい、五、六年だと思います」

亜由美は引っくり返りそうになった。五、六日、というのならともかく、五、六年となると——亜由美だって、結婚して、この家にいなくなるかもしれない。

「あ、あのね……」

と、亜由美は必死で気を取り直すと、「あなたの気持は良く分るし、同情もするけど、でも、私は『親分』じゃないし、それにここはホテルでもないの。――ここは、やっぱり誰か、もっと頼れる人に相談してみたらどうかしら?」

玲香は、それを聞くと、がっくりと肩を落とし、うつむいて、しばらく何も言わなかった。

もちろん、亜由美としては、この娘に対して何の責任もないのだが、そこは生来の人の好《よ》さ。何だか自分がこの少女をいじめているような気になってしまう。

「あ、あのね――元気を出して。その、高沢って人ともよく相談して……。ね?」

「分りました」

と、玲香は顔を上げた。「無理なお願いはもとより承知の上でした」

「そうね。でも――」

「もう、決してご迷惑はかけません」

「そう……」

「お邪魔しました」

と、立ち上りかける。

「どうするの? 故郷へ帰る?」

と、聡子が訊くと、

「いいえ」

と、きっぱり首を振り、「帰って、あの常吉の妻になるくらいなら、いっそ喉《のど》を突いて死にます」

「ちょっと！　そんな早まったことを――」

と、亜由美が焦る。

「大丈夫です。――私、一人で生きて行きます」

「一人で？」

「どこかに部屋を借りて、自分で稼《かせ》いで暮しますから」

「だけど……十三じゃ、働かせてくれないわよ、どこでも」

「何とかなります」

と、玲香は微笑んで、「盛り場へ行って立ってれば――。こんな若い子が好みのおじさんもいるでしょうから」

「ちょっと！」

亜由美は仰天して、「そんな――そんなこと、しちゃいけないわ！」

「だって、それが一番手っ取り早いし、今夜から寝る所がないんですもの。それしか方法が――」

その時、部屋のドアがパッと開くと、

「亜由美」

と、母親の清美が入って来た。

「お母さん、ドアをノックしてくれ、って言ったでしょ」

「今、ずっと外で聞いていたけど——」

「立ち聞きしてたの？」

しかし、清美は一向《いっこう》に気にする様子もなく、

「こんないたいけな娘を、放り出すつもり？　私はそんな風にあなたを育てた覚えはありませんよ」

「お母さん——」

「どうしてもというのなら、あなたがここを出て行きなさい。私、この娘さんを、この子として育てます」

「ちょっと！　冗談《じょうだん》やめてよ！」

「お父さんだって、きっと、この子の方が、あなたより気に入るわ」

それでも母親か！

亜由美は頭に来たが、確かに、少女アニメに感動の涙を流すのが一番の趣味という、一風変った父親は、亜由美と玲香を並べたら、玲香の方を選ぶかもしれなかった。

「——分ったわよ」

と、亜由美は諦めて言った。「じゃ、あんた、ここにいれば？」

まさか、本当に五年も六年も居座るわけじゃあるまい……。

3　危機一髪

「じゃ、あの子は安全なのね」

と、ベッドの中から手をのばして、タバコを取りながら、その女は言った。「ね、火をつけて」

「タバコかい？　それとも君の体の方？」

男が訊くと、女は笑って、

「馬鹿ね」

と、男をにらんだ。

男がライターの火を持って行く。――女は、ゆっくりと煙を天井へ向って吐き出しながら、

「玲香が無事ならいいの」

と、言った。

「君も世間並の母親なんだね」

と、男は、からかい半分、という口調。

「そりゃあね。――私も、四十近くも年齢の違う亭主《ていしゅ》を持ったのよ。あの子もそんな

目に遭《あ》わせたくないの」

「しかし、常吉はそのつもりだ」

「あんな男！」

と、小山内夕里《ゆり》は吐《は》き捨てるように言った。

「しかし、大河内家の跡継《あとつ》ぎだ」

「それ以外、何の取り柄もない男じゃないの。——あんな男と玲香を結婚させるなんて、とんでもない話だわ」

「おやおや」

男は、裸の上半身を、女の傍へ横たえた。「君も賛成したはずじゃなかったのか？」

「ええ……。でも、あの子が姿を消したので、目が覚《さ》めたのよ。自分のしようとしたことが恥ずかしい」

夕里は、ゆっくりと首を振って、「他に何か方法があるはずだわ。政略結婚なんて、大昔の方法でなくても」

「しかしね、もう現地じゃ話は煮詰《につま》って来てる。これで、玲香さんがどうしてもいやだとごねたら、それこそまた流血騒《さわ》ぎになりかねない」

「だからって、玲香の、人間としての幸せを奪う権利はないわ」

と、夕里は言った。「もし——」

「もし？――何だい？」

「もし、どうしても結婚しなくては、というのなら、私が常吉と結婚するわ」

男は、しばらく夕里を見つめていたが、

「そこまで考えてるのか」

と、起き上って、言った。

「ええ」

夕里は、そう言ってから、「あなたには申し訳ないけど」

と、付け加えた。

男は、ベッドを出て、息をついた。「申し訳ない、か……」

「そうだな」

「――ねえ、聞いて」

と夕里は言った。「玲香を捜して、見付け出さないと。そのために、私たち、東京へ出て来たのよ。でも、こんなことしてちゃ、玲香は見付からないわ」

「こんなこと？」

「いえ……。もちろん、私もあなたを愛してるわ。でも、私は玲香の母親よ。――常吉がきっとあの子を捜しているわ。私たちが先に見付けなきゃ」

「そう……。しかし、見付けるのは何のためだ？　君を常吉と結婚させるためか？」

「高沢さん、怒らないで」

夕里は、誘うように言った。「もちろん、他にいい方法があれば――」

夕里は言葉を切った。

高沢がいきなり夕里へと迫って来たのだ。それは、「愛」ではなく、「殺意」を感じさせる動きだった。

「高沢さん――」

夕里は、自分の見ているものを、信じられなかった。高沢は私を愛してくれているんだ。

まさか――まさか、私に害を加えることはないはずだ。

その「はず」が狂っていたことを悟ったのは、高沢の両手が、自分の首にかかった時のことだった。

「じゃ、買物に行って来ます」

と、玲香が、ちょっと居間を覗いて、言った。

「ああ、気を付けてね」

と、清美が顔を上げて、「スーパーの場所は分る？」

「はい。ここへ来る時、通りましたから」

「そう。じゃ、そんなに急がなくてもいいからね」

「分りました」

玲香が微笑んで、玄関《げんかん》へと姿を消す。

——ご親切ねえ。私にあんな風に言ってくれたことなかったじゃない。

亜由美は、少々すねて、週刊誌など読んでいた。——TVでは、いつもの通り少女アニメの花盛り。

グスン、グスン……。すすり上げているのは、父親である。いつものことだから、亜由美も、その足下のドン・ファンも驚いたりしない。

「——何て哀《あわ》れだ」

と、父親が言って、チーンと鼻をかんだ。

こっちこそ哀れよ、亜由美は思った。

「わずか十三歳の年で、一人で買物に行くとは」

と、父親は大きな声で言った。「家には主婦もいて、大学へ通う娘もいるというのに、二人とも立とうともしない。全く、少女は哀れだ」

「ちょっと」

と、亜由美は言った。「それ、もしかして私に当てつけてるの?」

「万一、十三歳の女の子が外で不良に目をつけられたり、車にはねられたとしても、

きっとあの冷たい娘は、気にもしないだろう。哀れ十三歳の不幸で可憐《かれん》な少女は
——」

「分ったわよ！」

と、亜由美はふくれっつらになって、「一緒についてきゃいいんでしょ！」

「哀れ、十三歳の少女は……」

「忘れないでね」

と、亜由美は父親に言った。「私も、十三歳のころがあったのよ！」

——外へ出ると、玲香が歩いて行く後ろ姿が見える。

「全く、もう！」

とんだ迷惑だわ、と亜由美は思ったが、何しろ母親だけでなく、案の定、父親もすっかり玲香に惚《ほ》れ込んでしまっている。

そりゃね、生意気にも親より大きいぐらいに成長した娘より、おとなしくて、素直なローティーンの方が可愛いのは当り前だ。

「でも、私だって、よその家へ行きゃ、おとなしいんだから！」

と、亜由美はふてくされつつ、「ね、ドン・ファン」

と、同意を求めた。

ドン・ファンもついて来ていたのである。

――しかし、ドン・ファンは全く亜由美の言うことなど耳に入らない様子で、短い足をせっせと動かして、玲香の後を追いかけて行く。

「そう。分ったわよ。あんたも私の敵に回るのね」

と、亜由美はフンと鼻を鳴らして、「今に見てろ、って。あの子だって、その内、ボロを出すんだから」

ん？――何やってんのかしら？

玲香を追って角《かど》を曲ると、玲香が、四、五人の男たちに取り囲まれているのが目に入った。

道でも訊かれてるのかな？　でも、そういうムードでもないわね。

ドン・ファンが駆けつけると、ワン、ワン、と吠《ほ》え立てた。珍しく犬らしい（?）声を上げている。

「何だ、うるせえな。その犬、片付けちまえ」

と、誰かが言った。

「やめて！　常吉さん、その犬は関係ないわ」

常吉さん？――亜由美は、目を丸くした。それじゃ、もう見付かっちゃったんだ！

亜由美も、こうなるとカーッと頭に血が上って、我を忘れて駆けつけてしまう。

「玲香ちゃん！　大丈夫？」

「あ、亜由美さん！」

玲香がパッと素早く亜由美の後ろに隠れる。

「この人――この人です、大河内常吉さん」

なるほど。亜由美は、いかにも生活の乱れが出ている、乱れた顔のその男と相対して、これじゃ、誰だって逃げたくなるわ、と思った。

「ちょっとあんた！」

と、亜由美は言った。「この子に手を出さないで！　この犬をけしかけるわよ」

「亜由美さん――」

「あんたは黙ってなさい」

と、玲香へ言うと、

「いえ――常吉さんはその隣です」

「あ、そう」

何となく間が抜けてしまった。

「――あんたが何者か知らないがね」

と、大河内常吉は言った。「その娘は私のいいなずけだ。返してもらおう」

「古いわね。フィアンセ、とでも言いなさいよ」

と、亜由美も細かい所にこだわっている。

「フィアンセでも何でもいい。ともかく、私の女だ！」

こっちの本物の（？）常吉の方も、お世辞にも人相がいいとは言いかねた。

ただ、本来は、いい家柄の出なのだから、顔立ちも、もともとの出来は悪くない。

却って、そのせいで余計に見苦しい印象を与えているのである。

「この子は、いやだって言ってんのよ。おとなしく帰りなさい」

と、亜由美は言った。

「痛い目に遭いたくなきゃ、おとなしく渡せ！」

「あんたこそ、この猛犬にかまれたくなかったら、さっさと尻尾《しっぽ》を巻いて逃げなさいよ」

と、ドン・ファンの方を見る——と、ドン・ファンが見えない。

見れば、「猛犬」は、亜由美の後ろに隠れた玲香の、さらに後ろに隠れている。

この裏切り者！——晩ご飯やらないからね！

「おい玲香」

と、常吉が言った。「お前は俺のものだと決ったんだ。なに、悪いようにゃしねえよ。こんな奴のボロ家にいるより、あの広い屋敷に、何人も使用人を使って、奥様におさまってる方が、ずっと楽しいじゃねえか」

ボロ家で悪かったわね！　亜由美は例によって、頭に来て、怖さを忘れた。

「女の幸せって、そんなことじゃないわ」

と、玲香は言い返した。「私、まだ十三よ。これから青春を楽しむんだわ」

「いいとも、何でも好きなもんを買ってやるぜ。何なら原宿《はらじゅく》の店の一軒や二軒、買い取って、家の中に飾っておいてやる」

「あのね――」

と、亜由美は遮《さえぎ》って、「この子は、いやだって言ってるの。あんた、年齢《とし》相応の相手を選びなさいよ」

「おい」

と、常吉は、他の男たちに、「この女、うるせえから、どこかへしまっとけ」

「どこへ？」

「その辺のゴミバケツに入れとけよ」

「へえ。――やっぱり生ゴミでしょうかね？」

「人を何だと思ってるのよ！」

亜由美は、ますます頭に来た。「私はね、こう見えても、警視庁の顧問《こもん》をやってるのよ。よく憶えときなさい！」

「フン、警視庁の窓ふきでもやってんのか。――おい、たたんじまえ」

四人の男たちがワッと寄って来て、亜由美の両手両足を一つずつかかえる。――つまり、当然のことながら、亜由美の体は宙に浮いてしまったのである。

「ちょっと！　何すんのよ！——こら！　離せ！」

と、亜由美は手足をバタつかせたが、どうにもならない。

その時、ドン・ファンは勇敢にも、「ワン！」と吠えて——玲香を守るべく、その前に立ちはだかったのである（もちろん四本の足で、だけど）。つまり、亜由美の方は、あえて無視したのだった。

かくて、ドン・ファンにも見捨てられた亜由美は、哀れ、ゴミバケツの中へ放り込まれそうになった。

「おい、蓋《ふた》を取れ」

と、一人が言った。

「足から突っ込むか？　それとも頭から？」

「そりゃ頭からの方が面白いぜ」

「それもそうだ」

亜由美は嘆《なげ》いた。——ああ、この世に正義というものは存在しないのだろうか？

「——君たち」

と、声がした。

どこかで聞いた声だった。

「何だお前は？」

と、亜由美の右足をかかえていた男が、「邪魔すると、一緒にゴミの中へ叩き込んでやるぞ」

「こんな大きいのは、粗大ゴミにしないと無理だと思うね」

と、言う声は――殿永だ！　「君ら四人とも、まとめて粗大ゴミに出してやろうか」

「何だと？」

左足を担当していた男が、殿永に気を取られて、力を緩《ゆる》めた。――今だ！

亜由美はパッと左足を引き抜くと、エイッと力をこめてけとばした。

「ワッ！」

まともに顎《あご》をけられて、一人が引っくり返る。バランスが崩《くず》れて、亜由美はズデン、とお尻《しり》から落っこちた。

「いてっ！」

「おい、こいつを片付けろ！」

と、一人が殿永の方へ向って行く。

ま、何といっても刑事である。アッという間もなく、その男は一回転して地面に叩きつけられていた。

「まだやるかね」

と、殿永は警察手帳を出して見せた。

「お巡りさんだ！」

と、一人が、叫んだ。

何だか、「お巡りさん」というのも、こんな連中に似つかわしくないような気がしたが、ともかく、その効果のほどは大したものだった。

「逃げろ！」

と、一声、たちまち姿が見えなくなってしまった。

もちろん、大河内常吉もである。

「――大丈夫ですか」

と、殿永が言った。「相変らずですな」

「ありがとう。助かりました」

亜由美は、お尻を払って、「この犬が、まるで役に立たないんですもの」

ドン・ファンが、「クーン」と鼻を鳴らした。

「あら、私を守ってくれたんですわ」

と、玲香が言った。「ねえ、ドン・ファン」

「クウーン」

甘ったれた声を出して、ドン・ファンが玲香の方へ身をすり寄せて行く。

全く、可愛い子に弱いんだから。

「――殿永さん。でも、いい所に来てくれましたね」

「いや、実はお話がありましてね」

と、殿永は言った。「事件です」

「まあ。――殺人？」

「そうです」

殿永は、いつもの、穏やかな、しかし真剣な顔で、

「あなたが話していた、例の大河内家と小山内家の争いですよ」

亜由美は、びっくりして、玲香と顔を見合せた。

「――一体誰が殺されたんです？」

「小山内夕里です。小山内光吉の妻ですよ。東京へ出て来ていましてね。男とホテルに泊っていたんですが、そこで死体になって発見され――」

殿永は、玲香が気を失って倒れてしまうのを見て、目を丸くした。「この女の子、どうしたんです？」

「クウーン……」

ドン・ファンが、気絶している玲香の頬をペロペロとなめ始めた。

4 夜の騒音

「――そうだったんですか」

殿永は、悔しがった。「あれが大河内常吉だったとはね！　分っていれば、あの場で取っ捕《つか》まえていたのに」

「でも、まさかそんなことだとは――」

「もちろんです。私もびっくりしましたよ」

殿永は、いつもと少しも変らない口調で言っていた。

パトカーの中である。――亜由美も、大分パトカーに乗るのに慣《な》れて来た。手錠《てじょう》をかけられて乗るようなはめにはなりたくないが、そうでなければ、サイレンを鳴らしつつ、信号を無視して突っ走るのは、なかなかいい気分であった。

しかし、もちろん、隣に座っている玲香はそんなことなど全く感じてもいないだろう。

ただ呆然《ぼうぜん》として、涙も出て来ないという様子だ。

「――あなたのお話で、大分事情はのみ込めました」

と、殿永は肯いた。「お嬢さんには辛《つら》いことだろうが、一応、現場を見ていただかなくては」

「はい」

と、玲香が肯く。

殿永が、むしろ事務的な調子でしゃべっているのは、玲香のためにもいいのである。

――その辺のことは、殿永は誰よりもよく分っている。

「もうすぐです」

と、殿永は言った。

「刑事さん」

と、玲香が顔を上げ、「母は――ホテルにいたんですね」

「そうだよ」

「じゃ――男と?」

「たぶんね。その手のホテルだから……。しかし、それは君が気にすることじゃない」

「ええ。――分ります」

玲香は肯いた。改めて、亜由美は玲香がしっかりしていることに感心した。

パトカーがスピードを落として、細い道へ入って行った。

――そのホテルは、いわゆるラブホテルで、かなり若向きの、何だか一見遊園地みたいな造りだった。

「ここに?」

と、外へ出てホテルを見上げた玲香も、ちょっと呆気に取られたようで、「呆れた。お母さん、どんな顔して入ったのかしら?」

ホテルの中は、一部屋ずつが違うインテリアになっていて、それが売物らしかった。小山内夕里が殺されていたのは、その中の、〈ヴェルサイユの部屋〉だった……。

——白い布を殿永がめくって、玲香を見る。

玲香は肯いて、

「母です」

と、言った。「間違いありません」

「ご苦労さま。そこにかけていなさい」

「はい」

玲香は、ソファの一つに、軽く腰をかけた。

「大丈夫?」

と、亜由美が声をかける。

「ええ……。でも、可哀そう」

玲香は、ゆっくりと首を振って、「やっと四十近くも年上の夫から解放されたら、殺されてしまうなんて」

十三歳とは思えない言葉だ。――亜由美は何とも言えなかった。

「――運び出してくれ」

と、殿永が言っている。

すると、そこへ、

「入れてくれ！」

と、男の声がした。

「だめですよ。勝手に入らないで――」

「ともかく、入れてくれ」

その男の声に、玲香がハッと顔を上げた。

「高沢さん！」

警官を押しのけるようにして、亜由美にも見憶えのある男が入って来た。

「お嬢さん……」

「高沢さん。――お母さんが」

玲香が、高沢の胸に飛び込んで行くと、ワッと泣き出した。

「――何てことだ」

高沢は、白い布に覆《おお》われた死体の方へ目をやりながら、しっかりと玲香を抱きしめている。

「失礼」

と、殿永が言った。「この女性を知っているんですね?」

「ええ」

高沢は肯いた。それから、亜由美に気付くと、

「ああ! これは……。お嬢さんのことを、お願いしてしまって、申し訳ありません」

と、頭を下げた。

「いいえ。でも――こんなことになって、残念だわ」

亜由美は心から言った。

「ゆっくりお話がしたいですな」

と、殿永が言った。


「奥さんに、誰か好きな男がいたらしい、ってことは、知ってました」

と、高沢は言った。「しかし、相手が誰かってことまでは……」

「ともかく、夕里さんは、あのホテルでその男と会った。――どうして殺人に至ったのか、その辺は分りません。ただ、計画的犯行とは言えないようですね」

殿永と高沢、それに亜由美、玲香の四人は、亜由美の家に来ていた。

居間の床《ゆか》には、ドン・ファンも寝そべっている。

「どうして分るんです？」

と、亜由美が訊く。

「計画的なら、あんな風に抵抗しないように、いくらでもやれるはずですから」

玲香が、顔を上げ、

「お母さん、苦しんだのかしら」

と、言った。

「そりゃ、もちろんね。しかし、一瞬で意識はなくなったはずだ」

「そうですか」

玲香は、肯いた。「変ね。いつもケンカばっかりしてたのに……。いなくなると、やっぱりお母さんだったたんだって……」

「当り前ですよ、それで」

と、高沢は言った。

「高沢さん」

と、殿永が向き直って、「あなたは、あのホテルから電話をもらったんですね？」

「いえ、それは分りませんね」

と、高沢は首を振って、「ともかく、あのホテルへ来てくれ、ということでした。今、そこにいるかどうかは言っていなかったと思います」

「なるほど」

「でも、何しろ東京ってのはややこしい町ですからね。散々《さんざん》捜し歩いちまいました」

と、高沢は苦々しげに、「もっと早く訪ね当てていたら、奥さんは助かったかもしれない」

「いや、それはどうでしょうね。――死亡推定時間からみて、たぶん間に合わなかったでしょう」

亜由美は、ふと気付いて、

「大河内常吉はどこに泊ってるのかしら」

と、言った。

「見当はつきますよ。いつも東京へ来ると、寄る女の所でしょう」

「そこを教えて下さい」

と、殿永は手帳を開いて、「ぜひ会ってみたい」

亜由美は、玲香の方へ、

「どうする?――ここにいたければ、構わないのよ」

「ええ……」

玲香は肯いて、「じゃ、あと一日か二日だけ……。お母さんのお葬式も出さなきゃいけないし」

「お嬢さん」

と、高沢は言った。「その方は任せて下さい。私が、万事、うまくやっておきます。もちろん当日は、おいでにならないといけないでしょうが」

「ええ、高沢さん。――よろしくね。私、あなたがいなかったら、どうしたらいいのか、分らないわ……」

玲香は、高沢の手を、しっかりと握りしめた……。


亜由美は、ふと目が覚めて、起き上った。

――夜中である。

亜由美が夜中に目を覚ますというのは、珍しいことだった。

何かが起りそうな、そんな気がしたのだろうか？　虫の知らせ？

グーッ。――そう、「腹の虫」の知らせだった。空腹を知らせている。

しかし、何といっても夜中の二時を回っているのだ。

何か食べるもの、あるかしら？

ベッドを出ると、床にマットレスを敷いて眠っている玲香の方をそっとうかがう。

泣き疲れて眠っている様子である。亜由美は、そっと部屋を出た。

スルッと何かが足の間をくぐり抜け、ギョッとした。もちろん、ドン・ファンである。

「何よ、あんたもお腹が空いたの?」

「クーン」

「分ったわよ」

低い声で言って、足音をたてないように、階下へ降りて行った。

台所へ行くと、亜由美はトーストなど焼いて、食べることにする。

パジャマ姿で、欠伸をしながらトーストが焼けるのを待っていると、

「何だかうるさいわね」

ブルル……。ゴトゴト。

何だか、表で、車の音がする。

車といっても、小型の乗用車という音じゃない。トラックみたいだ。

こんな時間に——?

亜由美は、夜中に道路工事でもやってるのかしら、と思った。立って行って、窓から外を見る。

しかし、角度の関係で、よく見えないのだ。ただ、ライトがチラチラと動くのが目

に入るし、何かやっているのは確かだった。

亜由美が肩をすくめて椅子《いす》に座ると、

「ワン」

と、ドン・ファンが吠えた。

「あ、そうか。お前のこと、忘れてたわ」

と、亜由美は言った。「何がいい?――大したもんないわよ」

と、冷蔵庫を開ける。

そこへ、突然、凄い声がした。

「おい！　聞こえるか！」

亜由美は飛び上るほどびっくりした。

「俺は大河内常吉だ！」

外だ。それも、よほど大きな拡声器でも使っているのだろう。近所に轟《とどろ》きわたる、という声だ。

亜由美は、玄関へ出て行くと、ドアを開けた。

「何よ！　うるさいわね！」

ライトが光って、まぶしいので、相手はよく見えない。

「起きてたか。夜ふかしは体に毒だぜ」

と、常吉が笑った。

「何か用なら、出直しなさい！」

「せっかく訪ねて来てやったんだぜ」

と、常吉は言った。「挨拶《あいさつ》代りのプレゼントがある」

「結構よ」

「そう言うな。——面白いぜ」

ブルル……。

亜由美は、やっとそれを見分けた。

トラックだ！　それも特大の（というのかどうか知らないが）、馬鹿でかいトラックが、真直《まっす》ぐ、亜由美の家の方を向いて、停っている。

「何するのよ！」

「お前の所は居心地がいいらしいからな」

と、常吉が言った。「このトラックも、ぜひ、お前の家で暮したい、と言ってる」

「冗談じゃないわよ！」

「遠慮するな」

ワン、とドン・ファンが鳴いた。

トラックが、ブルル、と身を震わせると、前進して来た。つまり、真直ぐに、亜由美の家へと突っ込んで来るのだ。

「た、大変！」

「ワン！」

いくらドン・ファンでも、トラックにかみつくわけにはいかない。

亜由美は、ドン・ファンに、

「逃げろ！」

と、叫んでおいて、家の中へと飛び込んで行った。

「どうしたの？」

のんびり欠伸などしながら、母親の清美が出て来ていた。「何だか騒々《そうぞう》しいわね」

「お母さん！　危ないわよ！　トラックが――」

バリバリ、と何かが壊《こわ》れる音が、背後から聞こえて来た……。

5　家出した玲香

「いやはや」

と、殿永が言って、首を振る。「全くもって、お気の毒です」

殿永は、亜由美がトラックにひき殺されたので、お悔みを言いに来たのだった。

「ちょっと！　私、死んでないわよ！」

あ、失礼。——ちょっとした勘違いで。

「ワン」

そう、ドン・ファンも死ななかった。

結局、誰も死なずに済んだのである。

「誰もけがをしなかったのが、せめてもですな」

と、殿永は言って、塚川家の玄関先に立つと、「しかし、ひどく壊したもんだ」

一巻の終りになったのは、亜由美の家の門と塀《へい》だった。

ま、どっちも大したものじゃなかったが、それでも「これは何か？」と訊かれたら、たいていの人は「門だ」と答える程度には門らしい門だったし、塀だって一応は真直ぐ立っていて、障子や襖《ふすま》と間違える人はいなかったろう。

しかし、今、門も塀も跡形もなくひしゃげ、潰《つぶ》されて、惨《みじ》めな状態になっていた。

もちろん、大河内常吉が大型トラックで踏み潰したのである。

「常吉は私たちを殺そうとしたんです！」

と、亜由美は完全に頭へ来ていた。

「そうですね。ちょうどパトロールの警官が通って良かった」

と、殿永が肯いて、「ま、常吉としては、ただおどす気だったんだと思いますね。

しかし、家まで潰されたら、大けがしかねなかった」

「取っ捕まえたら、この家の軒先《のきさき》にぶら下げて、スルメにしてやるわ」

と、亜由美が過激な発言をしていると、

「そんなことばっかり言ってるから、お前、恋人ができないのよ」

と、例によって、母親の清美が出て来る。「殿永さん。どうぞお上り下さいな」

「どうも。それじゃ上らせていただきます。――例の娘は？」

「玲香ちゃんですか？　ええ、そりゃあいい子でしてね。家のこともよくやるし、寝起きもいいし――」

「いや、無事なんですね？　それなら結構です」

と、殿永はあわてて言った。「ちょっと会いたいんですがね」

「分りました。じゃ、おかけになっていて。すぐに呼んで来ますから」

清美が出て行くと、亜由美は居間のソファに腰をおろして、

「頭に来ちゃう！」

と、ふくれた。「すっかり両親ともあの子に惚れ込んじゃって。私なんか、どうでもいいみたい」

「まあ、落ちついて」

と、殿永は笑って言った。「血は水よりも濃《こ》し、ですよ」

「涙より薄いかもしれないわ」

と、亜由美は涙もろい父親のことを思い浮かべながら、言った。「──どうですの？　殺された小山内夕里のこと。犯人の手がかりはありまして？」

「どうもねえ」

殿永は渋い顔で、「ああいう場所は出入りを見られないような造りになっていますからね。目撃者といってもなかなか……」

「夕里の恋人って、誰だか分ったんですか」

「いや、それもまだです。何しろ、向うでの話ですからね。──しかし、不思議といえば不思議なんです」

「何が？」

「ああいう小さな町ですよ。しかも有力者の妻が、恋人を作っているなんてことは、

とても隠しておけるものじゃありません」

「それもそうね」

「相手が誰か、ということも、今のところでは出て来ていない。——妙な話ですよ」

「じゃあ……。どういうことになりますの?」

「夕里の恋人というのは、どうも、こっちにいた人間じゃないかと思うんですがね」

「こっちに?」

「小山内光吉はもう七十過ぎでしたから、何か用事があっても、自分が上京して来るのは面倒だったんでしょう。たいていは、あの高沢か、妻の夕里に行かせていたらしい。だから、夕里としては、ちょくちょく東京へ出る機会があったわけです」

「じゃ、東京に恋人がいたとすれば、誰にも分りませんね」

「その方向で当ってみようかと思っているところです」

「さすが殿永さん!」

「ワン」

二人してほめると、殿永は照れて赤くなった。なかなかこれで純情なところがあるのだ。

するとそこへ、

「大変だわ!」

ドタドタと足音をたてて、清美が駆け込んで来た。

「お母さん！　どうしたの？」

亜由美が、これにはびっくりした。大体、この母親をあわてさせるのは容易なことではないのだ。

「亜由美が家出したのよ！」

「――私、ここにいるわよ」

「え？　あ、そうね。そうだわ」

「しっかりしてよ。もしかして、玲香って子のこと？」

「そう！　そうだわ。あの子、亜由美じゃなかったんだわ」

「全くもう！　自分の娘の顔ぐらい、憶えといてよ」

と、亜由美は、これ以上ふくれられないほどのふくれっつらになった。

「家出したというのは？」

と、殿永が立ち上る。

「置手紙を残して。――ほら。今、上に行ってみると、これがベッドの上に」

「あ、私のレターペーパーだわ」

花柄入りの紙に、丸っこい字で、

〈お世話になりました。私のせいで、みなさんが危険な目に遭うのでは申し訳ありま

せん。やはり私、ここを出て、一人で生活しようと思います。ドン・ファンによろしく。玲〉

「──まあ、何とけなげな」

と、清美は涙ぐんでいる。

「どうして最後の名前の所、〈玲〉しか書いてないのかしら?」

「いいでしょ、そんなこと。それより手分けして捜さないと。盛り場で、どこかのいやらしいおじさんに誘《さそ》われるのを待ってるんだわ!」

殿永には何の話かさっぱり分らないので、目をパチクリさせているばかりだった……。

大体、東京の「盛り場」といっても、極めて漠然《ばくぜん》としている。どの辺かも分らなくて、女の子一人を捜せという方が無茶である。

もちろん、亜由美から事情を説明してもらった殿永は、まさか本当に玲香がそんなことをしているとも思えなかったが、一応、盛り場をパトロールする警官が、玲香らしい女の子を補導していないか、各署へ連絡を入れておいてくれた。

それにしても、あまりに話は漠然としていて……。

「全くもう!」

と、何度目かの文句をつけているのは、神田聡子である。「どうして私が、こんな所をうろついてなきゃいけないわけ?」

「そう言うなって。友だちでしょ」

と、亜由美が言った。

「そんなこと言ったって――」

聡子が腹を立てているのも無理はない。

翌日、両親があんまりうるさいので、亜由美は聡子を誘って、まあ代表的な盛り場の一つともいえるK町へやって来たのである。

「あの子、この辺のこと、話していたのよね」

と、亜由美は、昼間かと思うほどの明るいネオンの光に目がくらみそうになりながら、「もしかしたら、本当にここへ来てるかもしれないわ」

「だけど……。私、こういう所、慣れてないんだからね」

「私だってよ。だから、ちゃんと用心棒を連れて来たじゃないの」

「ワン」

足の短い、あまり強そうでない用心棒が足下で鳴いた。

「――殿永さんは?」

と、聡子が左右をキョロキョロ見回しながら、言った。

「例の大河内常吉を捜しに行ってるわ。愛人がいるらしいの」

「へえ。あの殺された小山内夕里にもいたのね」

「そうらしいわ」

「大河内と小山内の二人のお爺《じい》さんにもいたのね」

「そうね」

「何で私たちにはいないの？」

「知るか」

――あまり実りのない対話をしながら、それでも二人は、バーやらキャバレーのひしめき合う通りを、大分歩いて来た。

「お姉ちゃん、ここで働かない？」

と、声をかけられること、十五回。

よく数えたものである。

「――ねえ、いつまで例の女の子を捜して歩くわけ？」

と、聡子は少々気がめいって来たらしい。

「見付かるまでよ」

と、亜由美は言ってから、「今日じゃなくてもいいけどね」

と、付け加えた。

「ね、見て、あの車」

聡子が、突然話を変えたのも無理はない。こんな狭い盛り場のごみごみした道に、よく入って来られたと感心してしまうほどの、大きな外車。

「きっとヤクザの親分か何かが乗ってんのよ。――趣味《しゅみ》悪いわねえ」

と、亜由美が言うと、

「誰の趣味が悪いって?」

振り向くと、見るからに人相の良くない男が三人、ジロッと亜由美をにらむ。

「あ、あの――」

「あの車はな、この辺の大物、片桐さんのお車だぞ。それを承知で趣味が悪い、とぬかしたんだな」

「いえ、あの――好みはそれぞれで、これは基本的人権ですからして――」

「おい、口のきき方を教えてやろうじゃねえか」

と、聡子の方を見て、「お前、こいつの連れか?」

「え?　いえ、私、全然知りません、こんな人」

聡子の裏切り者!――ま、この場合は、やむをえないとも言えるが。

「――おい、何事だ」

あの大きな車が、スッと停ると、窓が下りて、初老の男が顔を出す。

「こりゃ、片桐さん。ご苦労様です」

と、例の人相の悪い男がペコペコ頭を下げている。

「いえ、こいつが、片桐さんのお車を見て、『趣味が悪い』とぬかしやがったんで、ちょっとたたんでやろうと思いまして」

布団《ふとん》じゃあるまいし。——だが、片桐という男、意外にも、愉快そうに笑って、

「いや、確かに悪趣味だ。本当のことを言われて、怒るわけにゃいかん。勘弁してやれよ。——それより、この辺で、こんな女の子を見かけなかったか？」

片桐という男は、一枚の写真を差し出した。

「——ずいぶん若いですな」

「十三歳だ。名前は玲香。もし、見かけたら、逃がさないようにして、至急私に知らせてくれないか」

「かしこまりました。何かやらかしたんで？」

「いや、そうじゃない。決して手荒にするなよ。大事にして、傷一つつけちゃいけないぞ」

「へえ。この辺のことは任せて下さい」

「頼むよ」

「——あの、ちょっと」

と、亜由美が顔を出して、「うかがいたいんですが」

「何だよ。どうしてもたたまれたいのか？」

「あんたに言ってんじゃないわよ」

亜由美は強気になって、ぐっとその男を押しやり、

「片桐さん、でしたね」

「私に何か用かね？」

「その玲香って子、小山内夕里さんの娘さんですか？」

片桐が目を見開いて、

「君はどうしてそれを……」

「私たちも捜してるんです。この――」

と、ちょっと冷ややかな視線を聡子へ投げて、「友情に薄い友だちと一緒に」

「乗ってくれ。話を聞きたい」

片桐が、自分でドアを開けた。

「それじゃ――」

亜由美は乗ろうとして、「聡子、トランクにでも入ってく？」

と、言った。

「そんないや味を言わなくたって……」

と、聡子が口を尖《とが》らしていると、

「失礼します」

何と、警官が立っていたのだ。「塚川亜由美さんというのは——」

「私ですけど」

「殿永刑事から、伝言がありまして、至急、赤坂《あかさか》のNマンションへおいで下さいとのことでした」

「どうも。でも——」

何だか、突然引張りだこになって、大忙しになってしまった。

「私が送ろう」

と、片桐が言った。「車の中で話を聞きたい」

「じゃ、すみませんけど」

亜由美たち三人（二人と一匹）は、乗り心地抜群の車で、赤坂へと向うことになったのである。

6　皆殺しの歌

「ま、こういうわけです」

殿永が手を振って見せる。

広くはないが、高級な印象のマンションだった。――もっとも、狭く見えるのは、やたらに警察の人間が大勢うろうろしているせいかもしれない。

「じゃ、大河内常吉が？」

「寝室です。ご覧になりますか」

「あの――気持悪いですか」

「胸を刺されて、かなり出血してるので、あまり美しいとは言いかねます」

「見ます」

「やっぱりね」

殿永の方も、大分亜由美の性格を分って来ているのである。

やたらに大きなダブルベッド。――牛と馬でも寝られるんじゃないかと思えるほどの大きさだ。

そこに、上半身をむき出しにした大河内常吉が、ギョロッと目をむいて、死んでいた。胸からは血が広がって、亜由美もゾッとした。

「クウーン」

と、ドン・ファンが鳴く。

「例の愛人っていうのは？」

と、亜由美が訊く。

「買物へ出ていて、戻ってみると、この有様だったようですね。一一〇番して、怖くなったのか、姿をくらましてしまいました」

「じゃ、その女がやったということは――」

「まずないでしょう。女にとっちゃ、大切な金づるだし、感情のもつれで殺し合うというほどの間じゃないと思いますよ」

「でも、そうなると犯人は……」

「たとえば、ゆうべ家の門を壊されて、恨《うら》んでいた女性とか」

「私のことですか？」

と、亜由美は目を丸くした。

「冗談ですよ。――行方不明の家出娘はどうです？　こんな男と結婚するのはいやだと思い詰《つ》めて――」

「とんでもない！」

と、怒ったような声がした。

「――どなたです？」

「あ、殿永さん、この人……」

と、亜由美が言いかける。

「片桐といいます。玲香の父親です」

「何ですって？」

さすがに殿永も面食らった……。

「――玲香は、確かに私の子です」

と、片桐は言った。

「はあ……」

殺人現場では、あまりのんびりと話もできない。亜由美と聡子、それに、ドン・ファンは、殿永と片桐にくっついて、大河内常吉が殺されていたマンションの向いにあったレストランに入っていた。

死体を見たばかりの、デリケートな亜由美は、定食を一人分食べるだけで満足したのだった……。

「すると、夕里さんとは、小山内と結婚する前からの付合いで？」

と、殿永は訊いた。

「そうです」

片桐は肯いた。

「じゃ、どうして夕里さんが小山内と結婚するのを止めなかったんですか?」

と、亜由美は言った。

「私にも妻があったんですよ」

と、片桐は答えた。「――病弱でね。別れてくれとは言い出せなかった」

「夕里さんはなぜ、あんな年上の男と結婚したんです?」

「あれは大体、あの町の出身ですからな。色々、義理がらみで、断り切れなかったらしい」

「なるほど」

殿永はメモを取りながら、「すると、あなたとの間は、切れたわけではなくて……」

「皮肉なものでね、夕里が小山内と結婚して一か月もたたん内に、私の妻は死んだのです。――運命のいたずらというやつですな」

「それから、夕里さんが上京する度《たび》にお会いになっていたんですか」

「夕里が身ごもって、二、三年は上京できませんでしたからね。その間は会えなかったが、一人の時に、よく電話をかけて来たものです」

「あの玲香という子は確かに――」

「私の子です。夕里もそう言っていたし、小山内と私と、どっちに似ているか、見ればよく分りますよ」

確かに、そう言われると、玲香には片桐の面影もあるような気がする。しかし、一目で分るというほどでもないのだ。

「――そうなると」

と、殿永は座り直した。「夕里さんが殺されたことはご存知ですね」

「もちろん。――玲香を私がこの手で守ってやらなくては、と決心しています」

どうも、この人、自分が殺人容疑をかけられているということ、分ってないみたいだわ、と亜由美は思った。

「夕里さんは、ラブホテルで殺されました。相手の男が犯人という可能性は高いと思われます」

と、殿永が言うと、片桐はちょっと戸惑ったような顔になり、それから肯いた。

「ああ、なるほど。――分りました。私がやったのかもしれない、と?」

「もしあなたでないとすると、他の男が夕里さんと会っていた、ということになりますね」

「そうでしょうな、きっと」

と、片桐はあっさりと言った。「いや、夕里はまだ若い。男なしでいろというのは、可哀そうです。私は、持病があって、もう女性の方はだめなのですよ」

「はあ……。すると、夕里さんの付合っていた男というのが何者か――」

「そこまでは分りませんな。いちいち調べたところで、虚《むな》しいだけだ」

理屈ではある。

「どうして、玲香さんを捜していたんですか？」

と、亜由美は訊いた。

「うん、玲香はよく前から、一人でやって行きたいと話していた。やたらに独立心の強い子でね。もちろん冗談半分ではあったが、どこでも雇ってもらえなかったら、あの辺に立ってりゃ、誰かが誘ってくれる、と言っていたのだ」

「じゃ、もしかしたら、と思って？」

「夕里も死んで、途方にくれているのだろうし、もしやあの辺をふらふらしているんじゃないかと思い付いてね。私もあの辺ではかなり顔がきくし」

「片桐さん」

と、殿永が言った。「玲香という子は、あなたのことを知っているんですか？」

「知っています。ただし、母親の知人としてね」

「というと、父親だということは――」

「夕里が黙っていてくれと頼んだのです。何しろ、玲香は型破りな子ですから、本当のことを知ったら小山内の家でおとなしくはしていないでしょう」

それはそうだろう、と亜由美も同感できた。

「すると、差し当りは、玲香という子を見付けることですな」

と、殿永が言った。「もちろん、殺人犯もですがね」


「――妙な話ねえ」

と、亜由美は言った。

「何が?」

聡子が眠そうな声で答える。

「よく分らないけど、何もかも妙だわ」

「もう少し自分が分ってから、言ってくれない?」

――亜由美の部屋である。

もう夜も大分ふけていた。帰りが遅くなったので、聡子は亜由美の部屋に泊っていくことになったのである。

もっとも、二人して、あまり意味のないおしゃべりなどしている内に、改めて寝る仕度をするのも面倒くさくなってしまった。

「だってさ、そもそもは大河内家と小山内家の争いだったわけでしょ」

「その話か。——男の話かと思った」

　聡子も大分、最近は色気づいて来たらしい。

「聞きなさいよ。両方の当主が一緒に死んで、やっと両家が仲直りしようってことになったわけでしょ」

「それが？」

「ところが実際には、どう？　殺人事件が二つも！　これじゃ平和どころじゃないわよ」

「うん……」

「ま、あの玲香って子が、常吉と一緒にされるのを嫌《きら》って、出て来ちゃったのは分るわよ。でも、殺されたのは母親だった……」

「男関係でしょ、原因は」

「もし、そうじゃないとしたら？」

「ワン」

　と、これはドン・ファンが鳴いたのである。

「ドン・ファン、あんたもそう思う？——もし、あの殺人が、計画的なもので、男女関係のもつれのせいでなかったとしたら？」

「それがどうしたの？」

聡子はてんで考える気がない。

「次に殺されたのは、誰？　大河内常吉よ。これも、愛人のマンションのベッドで死んでいた。――夕里の時とよく似てるわ」

「そうね」

「でも、それも目的あってのことだとしたら？　つまり、男女関係のもつれで殺されたと見せかけるために、あそこで殺したんだとしたら」

「ふむ……」

聡子は半分眠りかけている。

「全くもう！　人がせっかく興奮してしゃべってるのに！」

「そんなこと言ったって、眠いんだもの……」

「いい？　結果としてはどうなったのか？――大河内家は、跡を継ぐ人間がいなくなったのよ！」

「そうね……」

「そして小山内家は、あの玲香って子だけが残った。――つまり、あの辺一帯を、玲香って子が一手に握ることになるわ！」

「じゃあ、なに？　あの十三歳の女の子が、凄い大悪党で、自分の母親まで殺して、ボスの座へのし上ろうとしたの？――まるでマフィアね」

「これはたとえばの話よ」

亜由美とて、その説にいささか無理があることは、認めないわけにいかなかった。

「次の問題は——」

「ワーオ」

聡子が大欠伸して、「悪いけど、その続きは明日にしてくれない？」

「分ったわよ」

亜由美とて、眠くないわけではないので、ここは聡子に同調することにした。

「ねえ……。このまま寝ちゃ風邪引くよ」

「そうね」

亜由美は洋服ダンスの方へ這《は》って行った。

「中にタオルケットが……」

「ワン」

「何よ、あんたは大丈夫でしょ。ちゃんと毛皮を着てんだから」

「ワン」

「何よ。——この中？　骨なんて隠してないでしょうね」

亜由美は洋服ダンスの扉を開けた。

中から、血まみれの死体がゆっくりと倒れて——来たわけじゃなかったが、

「キャーッ!」

と、それでも亜由美が悲鳴を上げたのは、やっぱり誰かが転がり出て来たからだった。

でも、その「死体」は、ドサッと転がるとびっくりして目をパチクリさせながら、起き上った。

「あら! いやだ、寝ちゃってたんだ、私」

「玲香ちゃん!」

亜由美は啞然とした。「あなた――何してるの、こんな所で?」

「すみません」

と、頭をかいて、「中に入ってたら、いつの間にか眠っちゃったみたい」

「そりゃいいけど……。家を出てったんじゃなかったの?」

「ずっとここにいたんです」

亜由美も聡子も、ポカンとして、玲香を眺《なが》めていた。――夢じゃないでしょうね!

「でも――置手紙が」

「ええ」

と、玲香は肯いて、「出て行くつもりで、あれを書いてたんです。そしたら、書き終るって時に、こちらのお母さんに声をかけられたんで、見付かるとまずいと思って、あわてて……。手紙の方を隠しゃ良かったんだけど、自分が隠れちゃったんですよね」

「それじゃ、手紙を置いて、自分は洋服ダンスの中に?」

「ええ」

そうか。だから、手紙の終りが、ただの〈玲〉になっていたのだ。要するに、書き終っていなかったのである。

「ああ、ずいぶんぐっすり眠っちゃったみたい」

と、玲香は伸びをした。「今、何時ですか?」

亜由美と聡子は顔を見合せた。

——十分後には、玲香は台所で、残ったご飯にお茶をかけて、勢い良くお腹に流し込んでいた。

「——呆れた」

と、聡子は言った。「みんなして、散々捜し回ってたのに」

「すみません……」

と、玲香は、おしんこをつまみながら、「これ、いい味ですね」

「ありがと」

と、亜由美は言った。

「――でも、常吉が死んじゃったんですね？　良かった！　これで私、結婚しなくてすむんだわ」

と、玲香はすっかり元気である。

「そりゃそうね」

と、亜由美は肯いたが、「でもね、ここは考えた方がいいわよ」

「何がですか？」

「つまり、あなたのお母さん、大河内常吉、どっちの犯人も、捕まっていないのよ」

「ええ」

「その犯人が捕まるまで、あなた、隠れてた方がいいかも」

「どうしてですか？」

そう訊かれると、亜由美も困っちゃうのである。理屈ではない。直感なのだから。

「ともかくその方がいいの」

と、決めつけておいて、「あなた、ここの居候《いそうろう》なんだから。私の言う通りにしなさい」

「イソーローって何ですか？」

十三歳には、難しい言葉かもしれなかった……。

7　案外まともなデート

亜由美は一人で家を出て、歩き出した。

亜由美だって、聡子やドン・ファンと一緒でなく、一人で出歩くことがあるのである。もう子供じゃないのだから。

子供じゃないから、却って危ない、ということもある。——まあ、それはともかく……。

一応大学生であるので、たまには本を捜しに、都心の書店に出かけよう、と思ったのである。殺人事件の解決に、いくら協力しても、それじゃ大学の単位は取れないのだから。

「犯罪学部ってのがあれば、きっとAが取れるのになあ」

などと呟きながら、それでも真面目に書店に足を運び、捜していた本を見付けると、高い、と文句を言いつつ買った。

「さて、と……」

せっかく都心まで出て来たんだ。この暑い中、ただ帰るんじゃ、面白くも何ともない。どこかに寄って、何か冷たいものでも飲んで考えるか。

少し歩いて、アスファルトの照り返しに目がくらみそうになったので、ちょうど目の前のパーラーへ飛び込んだ。

一階は、やはり暑くて参った人で一杯。二階へ上って、やっと奥の窓際に、空席を見付けた。

「窓際族でも、何でもいいや」

フラッペなど注文して、冷房の風にホッと一息ついていると、つい目は窓の外へ向く。——ビルの裏側に面しているので、あまり眺めがいいとは言いかねた。

ビルとビルの間の細い道。——その向うは、ラブホテルが並んでいる。

一本奥まった道に、この手のホテルは固まっているのである。

「へえ、結構、繁盛《はんじょう》してんだ」

どうせ暇《ひま》なので、のんびり眺めていると、二、三分の内に、若いカップルが入って行き、中年同士の一組がホテルから出て来た。この二人は、ホテルを出ると、まるで会ったこともない他人のように、パッと左右へ別れ、振り向きもせず、歩いて行ってしまう。

と思うと、今度はどう見ても高校生同士、というカップル。堂々と手をつないで、まるで小学生が仲良く学校へ通うように、ホテルへ入って行く。

「参っちゃうわね」

と、首を振って呟いた。

もちろん、他人のことで、亜由美としては何の関係もないが、まあ——大人とはとても言えない同士じゃ、やっぱりまずいんじゃないの、と言いたくなる。

本人たちが、その「結果」に責任取れりゃ構わないけれど……。呑気《のんき》に、ゲーム気分でいられる内はいいけど、いつかはそう言っちゃいられなくなるのだ。

——また一組、ホテルから出て来た。

男と女、というのは当り前だが……。

「あれ?」

思わず亜由美は目をこすって見直していた。「——やっぱり!」

男の方は高沢なのだ。女は、そう若くもないが、一見してちょっと派手な印象。

ホテルの前で、パッと女一人、歩き出して行ってしまったところを見ると、深い付合いというよりは、この場限りの相手なのかもしれない。

高沢は、一人になって、どこへ行こうかと迷っている風だったが、タバコをくわえて火を点《つ》け、煙を吐き出しながら、顔を上に向けた。

その拍子に、亜由美と目が合う。

何だか、きまりが悪くなって、亜由美は目をそらしたが、向うもはっきり亜由美を認めていた。

少しして、もう一度目をやると、もう高沢の姿はなかった。——何となくホッとした。

そこへ、

「——どうも」

と、声をかけられ、びっくりして顔を上げる。

当の高沢が、目の前に立っていた。

「見られちまいましたね。——いや、逃げ出そうかと思ったんですが」

「そんなこと……。別に、私に遠慮しなくたって」

「座っていいですか」

と、高沢は言った。

「どうぞ」

高沢は、ウエイトレスが来ると、「アイスコーヒー」

と、一旦は言ったが、

「あ、ちょっと待ってくれ」

と呼び止めて、「俺も氷をくれ」

と言った。

亜由美は何となく笑ってしまった。

「おかしいですかね」

と、高沢が照れたように言った。

「いいえ、そんなことありませんけど。――でも、ちょっとイメージが」

「甘党なんですよ、これでも」

と、高沢は言った。

何となく、話が途切れる。

高沢は、ちょっと肩をすくめて、

「あの女はね、例の大河内の女なんです」

と言った。

「大河内常吉の？　じゃ、殺人現場から逃げ出した――」

「そうです。しかし、犯人なんかは、まるで見てないと言ってました。本当でしょう。警察と係り合いになるのも、いやなんでしょうがね」

「高沢さん、どうしてあの女を？」

「ええ。――私もちょくちょく東京へ用事で出て来ますからね。大河内常吉が、どんな女とできているのか、見ておこうと思って、調べたんです」

「じゃ、調査のついでに？」

「そう言うといやに簡単ですが」

と、高沢は苦笑した。「しかし、まあそんなことになりますかね。何となく気が合って、といいますか……」

「それならいいわ」

と、亜由美は肯いた。

「え?」

「もし、常吉のことを探《さぐ》ったりするためだけに、彼女と付合っていたのなら、許せない、と思ったんです」

亜由美としては、多少本気である。いや、かなり本気だった。

「じゃ——私を軽蔑《けいべつ》してませんか?」

高沢が突然そんなことを言い出すとは思わなかったので、亜由美はびっくりした。

「軽蔑なんて、私——そんなに立派《りっぱ》じゃありませんもの」

「いや、そううかがってホッとしました」

高沢は、外の方へ目をやって、ちょっとまぶしげに目を細くすると、「お嬢さんを捜さなくちゃいけないのに、のんびり、女なんかと会ってるんですからね。困ったもんだ、全く」

「私のことですか」

「え?」

「私も女です」

「あ――いや、そんな意味じゃありません、もちろん」

と、高沢は本気であわてている。

「分ってますけど。からかっただけ」

と、亜由美は笑った。

「やれやれ」

高沢は額の汗を拭った。「大人をからかわんで下さい」

こういう反応は、どことなく殿永に似てる、と亜由美は思った。

もちろん高沢の方は独身だし……。いやだ！　何考えてるのかしら、私？

「高沢さん、片桐って人を知ってます？」

「ええ。――夕里さんの……まあ、こっちでの恋人というところかな。あの人に会ったんですか」

「あの人、玲香さんの父親だと自称してましたよ」

高沢は、ちょっと複雑な表情をした。

「そうですか……。やっぱりね」

「じゃ、見当はついてたんですか」

「いや――何しろうちの親分――ああ、死んだ小山内光吉のことですが――は、さっぱり子供ができませんでしたからね。夕里さんにすぐ子供ができたので、実はこっちもびっくりしたんですよ」

「じゃ、本当に？」

「片桐当人がそう言うなら、本当でしょう」

と、高沢は肯いた。「しかし——そうなると、お嬢さんは難しい立場だな」

「大河内の家は、誰も継《つ》ぐ人がいなくなっちゃったわけでしょ。これからどうするんですか？」

「若いもんは、小山内の方へ寄って来るでしょうね。——ま、親玉がいなくちゃ、まとまりようもない」

「初めっから、それが狙《ねら》いだった、ってこと、考えられません？」

「何ですって？」

「つまり、大河内の家を潰して、あの地方を一手にするという……。誰がそんなことを考えたかは分りませんけど」

「なるほど」

と、高沢は肯いた。「そう言われてみると、夕里さん、大河内常吉、と殺されたのも、偶然にしちゃ妙ですね」

「ね？　私の思い付きなんですけど」

亜由美は、ちょっとワクワクしながら、言った。

「しかし……」

高沢は、ちょっと不思議な目で亜由美を見つめると、「あまりこんなことに興味を持つのは似合いませんよ」

と言った。

「あら、それじゃ、何が似合うんですか?」

と、亜由美は訊き返してやった。

「そうですね。若い男の子たちに囲まれてキャッキャやってるとか……」

「それじゃ馬鹿みたい。私、あんまり若い子って好きじゃないんです。——ま、大体もてないんですけど」

と、至って素直に言うと、高沢が愉快そうに笑った。

「もてないなんて信じられないな。こんなに魅力的なお嬢さんが」

「あら、お世辞?」

「私はそんなもの口にできるほどきざじゃありません」

何となく亜由美、変てこりんな気持である。胸がドキドキして、ポッと頬が熱い。相手が誰だって、いつもちょっと皮肉っぽく見下ろしてやるのに——今日に限っては、まるで十六、七のころみたいに、話をするにも努力を要するのだ。

——私、この人にちょっとひかれてるのかしら、と亜由美は思った。

「どうです?」

と、高沢は言った。「よろしかったら、今夜、飯でも食いませんか」

そしてこの夜、二人は結ばれた……のかと思うと、そこが亜由美の亜由美たるところで——。


「大丈夫ですか?」

と、殿永が訊いた。

「ええ……。何とか」

まだ目が回る。「——すみません、度々」

「いや、お安いご用ですよ」

と、殿永は笑った。

留置場から出してもらったところである。——これが初めてでないことは、読者ならたぶんご存知であろう。(『花嫁は歌わない』参照)

「高沢さんは?」

「軽いけがです。今、手当してますよ」

「ああ、困っちゃったわ」

「ワン」

殿永が慰めるように――いや違った、ドン・ファンが足下で鳴いたのだった。

「ドン・ファン！　迎えに来てくれたのね。嬉しいわ！　聡子みたいな冷たい奴と違って、お前は優しいわ」

「そう？」

目の前に、聡子が腕組みをして立っていた……。

殿永が笑って、亜由美たちに朝食をおごろうということになった。もう朝になっていたのである。

「――じゃ、高沢って人とホテルに行ったの？」

聡子は、話を聞いて気色ばんだ。「ずるい！　私だけ仲間外れにして！」

「デートに友だち連れて歩けっこないでしょ。それに、ホテルったって、食事しに行っただけ。その後、アルコールを入れに出て、つい飲み過ぎて……」

「そこへ、妙な人が絡《から》んで来た、というわけですな」

「そうです。あいつが捕まらないなんておかしいわ」

「ま、高沢に一発食らって、充分に償いはしていますよ」

と、殿永は言った。「ともかく、何か食べましょう」

「でも、二日酔いで食欲ないわ」

と言いながら、亜由美はモーニングセットをペロリと平らげた。

「——地元の方では、大混乱のようですよ」

と、殿永は言った。

「そうでしょうね」

「大河内の家は、結局、遠縁の人間が継ぐそうですが、あそこに住んでいるわけではないので、結局、名前だけということになるでしょう」

「じゃ、やっぱり実権は小山内家の方が？」

「そういうことになりますね。やはり大体が人と人との関係で動く所ですから、小山内という名前が大きく意味を持つ」

「玲香って子が、継ぐわけですか」

「そういうことになるでしょう。たとえ片桐の子だとしても、戸籍《こせき》上は小山内光吉の娘ですから」

「十三歳で……。でも、誰か後見をするような人が必要でしょう？」

「そうです。——現実にはその人間が力を握ることになる」

亜由美は、殿永の、いつものポーカーフェイスをじっと見つめながら、

「そのために、大河内常吉は殺されたと思います？」

と、訊いた。

「そうかもしれません。しかし、なぜ夕里を殺す必要があったのか。それがよく分りませんね」

「犯人の見当はついてるんですか？」

「ええ」

殿永があっさりと言ったので、亜由美はびっくりした。

「誰です？」

「高沢ですよ」

これは亜由美にとってショックだった。

「高沢さんが……」

「高沢は、東京でしばしば小山内夕里と会っているのです。ホテルでね」

「じゃあ……」

「もしかすると、夕里が殺された時、会っていたのも、高沢かもしれません」

亜由美はポカンとしているばかりだった。

「それ、いつ分ったんですか？」

と、聡子が訊く。

「つい、一日二日前です。やっと突き止めたんですよ」

「じゃ、亜由美、もしかしたら殺人犯かもしれない男と……」

と、聡子が言った。

亜由美は、急に体中の力が抜けてしまったようで、

「私……プリン食べる」

と、言った。

8　父親の名乗り

「どうしたの、亜由美」

と、ドン・ファンが言った。

いや――清美が言った。ドン・ファンは、亜由美を慰めるように、その膝の上にのっかって、ペロペロと手をなめたりしている。

「何でもないわ」

と、亜由美は肩をすくめて、「珍しいじゃない。娘のことを心配してくれるなんて」

「だって、お前が夕ご飯を二杯しか食べないなんて、こりゃ何かあったんだって、お父さんと話してたのよ」

「あ、そう」

と、つけっ放しのTVを眺めながら、「別に何もないわよ」

「隠さないで話してごらんなさい」

と、清美は亜由美の隣に座って、「誰かにいじめられたの？」

「よしてよ。子供じゃあるまいし」

「じゃ、中絶に失敗でもしたの？」

ここまで発想の飛躍する母親は珍しいだろう。

「放っといて！　私、色々考えることがあるの」

「そう……。分ったわ」

と、清美は肯いて、「でも、あまり思い詰めないでね。思い切ったことをする前に、必ず私かお父さんに相談するのよ」

「分ったわよ」

「そうだ」

いつの間にやら、父親の方もやって来て、「辛い時はハイジを思い出せ。あの子のことを考えると、どんな時でも心は純粋な感動で満たされる」

「おめでとう」

と、亜由美は言ってやった……。

一人になると（ドン・ファンは膝の上にいたが）、亜由美は、ゆっくりと伸びをした。

チクリと胸が痛む。——亜由美とて、恋したことがないわけじゃない。でも、やっぱり本物の（？）大人との付合いとなると、学生時代の淡《あわ》い想いとは別ものである。

「何よ！　男なんて——ただの男じゃない。女でもないくせに、いばるな」

理屈に合わないグチをこぼしながら、亜由美はそれでもふさぎ込んでいた。

ちょっといいなあと思う男は、人殺し――いや、そうと決ったわけじゃないが、殿永はそうにらんでいる。

さすがに殿永は、鋭い。のんびりしているようで、ちゃんと夕里と高沢の関係を調べ上げているのだ。

しかし、そうなると――高沢は、自分の雇い主の妻と関係した上、殺しておいて、玲香の後見役として、実権を握ろうとしているということになる。

とんでもない悪党。でも、ひいき目にではなく、亜由美は、高沢がそこまでの悪《わる》だとは思えなかった。もちろん、高沢のことをどこまで知っているかと訊かれれば、ほとんど知らないも同然なのだけれど……。

「つまらない」

亜由美は、二階へ上った。自分の部屋へ入ると、ドン・ファンに、

「あんた、今夜はベッドへ入ってきちゃだめよ」

と、言い渡しておいて、自分はベッドにゴロリと横になった。

「高沢がなんだ！　男がなんだ！」

「亜由美さん」

「キャッ！」

びっくりして飛び起きる。そうだった！　玲香をこの部屋に隠してたんだ。

「あ、ごめんね。夕ご飯、運んで来なきゃいけなかったわね」

「ゆうべ、台所でこっそり食べましたから、そうひどくお腹空いてるわけじゃないんですけど……」

「でも、ゆうべでしょ？　私なら、とてももたないわ。――何か持って来てあげる」

「それより……。今、高沢さんのこと、言ってました？」

「え？――ええ、ちょっとね」

「あの人、どうかしたんですか」

玲香は、かなり高沢を頼りにしているのだ。

亜由美としては、高沢が玲香の母親を殺したのかもしれないとは言いにくい。

「うん……。別に、大したことじゃないのよ。気にしないで」

と笑ってすまそうとしたが、玲香はそう簡単にごまかせる相手ではなかった。

「話して下さい！　そうやって隠されると、悪いことばっかり想像しちゃいます」

ま、確かにそれも正論ではある。

しばらく、押し問答してから、亜由美も諦めた。

「ま、これは、ただの想像というか……。はっきりこうと決ったわけじゃないのよ。そのつもりで聞いてね……」

亜由美の話は、しかし、玲香にとって、想像以上の大打撃であったようだ。

「——あの人が、お母さんと？」

頼りにしていただけではない。おそらく、早熟な玲香としては、ほのかに憧《あこが》れも抱いていたのだろうが、その相手が母と関係していたと知るのは、ショックだったのも当然だ。

「もちろんね、それは百パーセント確かというわけじゃ——」

「いいえ、そうだわ、きっと。——そうなって当り前だわ」

玲香は、ゆっくりとベッドに腰をおろした。

「お母さんと……高沢さん。そうよ。こんなに当り前のことってないのに。——どうして考えなかったんだろ、私？」

玲香の声は、少し震えていた。

「ね、もう少ししたら、きっと何もかもはっきりして——」

いきなり、玲香が立ち上ると、亜由美の部屋から飛び出して行った。

「ワン！」

と、一声、ドン・ファンが後を追って駆けて行く。

さすがに、可愛い子の後を追いかけるのは素早い！　亜由美の方は、一瞬、呆気に取られて動けず、

「ちょっと！——待ってよ！　ねえ、ちょっと！」

と、声を上げながら、ようやく部屋を出ると、あわてて階段を駆け下りようとして……。

ドタドタッ！——凄い音がして、亜由美は、階段から転がり落ちてしまったのである。

「——あら、どうしたの？」

と、清美が出て来て、「亜由美、こんな所で、どうして寝てるの？」

「落っこちたのよ！——それより早く追いかけて」

亜由美は、お尻をしたたか打って、起き上れない。

「追いかけるって？　ドン・ファンなら心配いらないわよ。どうせ、ご飯になったら戻って来るから」

「そうじゃないの！　あの子よ！　玲香って子！」

「あの子がどうしたの？　いもしないのに、逃げ出すわけないでしょ」

清美を納得させるのに、どう少なく見ても、五分はかかりそうだった。亜由美は諦めた。

ドン・ファンが、うまくついて行っているかもしれない……。

——やっと立ち上った亜由美は、

「いたた……」

と、足を引きずり、顔をしかめながら、やっと電話まで辿《たど》りついた。

「大丈夫？」

と、清美もさすがに心配してくれて、「救急車なら、呼んであげるわよ」

「結構よ」

と、亜由美は辞退した。「――もしもし。――殿永さんをお願いします。――え？

留守《るす》？――いつ戻ります？」

「殿永です」

「何だ、いるじゃありませんか」

でも変な方から声が聞こえた。亜由美が振り向くと、殿永がすぐそばに立っていたのである。

「あ、どうも――。もう結構です」

と、電話を切る。

「どうしたんです？　階段から落っこちたんですって？」

「ええ。いえ、そんなこと、いいんです。あの子が逃げ出しちゃって」

「あの子？」

「小山内玲香です。私の部屋にかくまってたんですけど」

さすがに、殿永の方は、亜由美の話を、すぐに理解してくれた。

「じゃ、まだこの近くにいるかもしれませんね。捜してみましょう」

「私も行きます！」

痛むお尻をさすりつつ、亜由美は殿永と一緒に外へ出た。

「——ドン・ファン！　どこなの！」

と、大声で呼んでみたが、返事はない。

殿永も、別の方角へ駆けて行ったが、結局三十分ほどして、戻って来た。

「だめですね。見当らない。おたくの名犬の方も」

「迷う方の迷犬だわ」

と、亜由美は言った。

悪口を言えば出て来るかと思ったのだが、ドン・ファンもそれほど単純ではなかったらしい。

「——どこへ行ったんでしょうね」

と、亜由美は、家へ戻って玄関の上り口に座り込んだ。

「高沢のことを話したんですね？」

「ええ。——あの後、何か分りまして？　やっぱり高沢が？」

「あの時、ホテルへ一緒に入ったところは見た人間がいました」

「じゃ、やっぱり……」

「玲香って子も、高沢に会いに行ったのかもしれませんね」

「だったら危険だわ！　あの子まで殺されるかも――」

「それはどうですかね。しかし、万が一に備える必要はある」

殿永は、電話へと駆けつけた。

ドン・ファンはどこへ行ったんだろう？

亜由美は首をかしげた。まさか、また洋服ダンスの中で寝てるってことはないでしょうね！

殿永はすぐに戻って来た。

「今、パトカーが来ます。一緒に行きますか？」

いつもの亜由美なら、ためらわずに肯くところだ。しかし、高沢が手錠をかけられるのを見るのかと思うと、ちょっと辛くなってしまう。

でも――何言ってんのよ、亜由美。あんたはそんなに弱い子じゃないでしょ。

「行きます」

と、亜由美が言うと、殿永は、微笑んで、肯いた……。

玲香はタクシーを降りようとして、焦った。

料金を払うぐらいのお金は、何とかポケットに残っている、と思っていたのだ。ところが、出て来たのは、お札じゃなくて、買物のメモ。

困ったな、と思っていると――。

「ワン！」

ドン・ファンだ。

前の座席の窓が開いていたところへ、いきなり飛び込んで来ると、

「ワッ！」

と、運転手が仰天する。

ドン・ファンが、その運転手のバッグをくわえて、窓から飛び出して行った。

「おい！　待て！――そいつは今日の売り上げだ！」

運転手が急いでドアを開け、ドン・ファンを追いかけて行く。

助かった！　玲香はパッとドアを押して、外へ出ると、暗い道の奥へと駆け込んで、身をひそめた。

少し様子を見ていると、運転手が、やっとバッグを取り戻して、息を弾《はず》ませながら、帰って来た。

「畜生！　ふざけやがって！」

ブツブツ言いながら、車に乗り、もう玲香のことは捜す気にもなれないのだろう、さっさと車を走らせて行ってしまった。

「ごめんなさい」

と、玲香が低い声で謝っていると、足下へ何やらトコトコと。

「ドン・ファン！　助かったわ。——でも、あんたどうやってついて来たの？」

ドン・ファンは、もちろん説明しなかったが、あのタクシーは、町中を走りながら、ずいぶん変わった標識を屋根の上にのっけてるな、と、人の目をひいていたのである。

「ごめんね。もちろん、一緒だって構わないのよ」

玲香は、ドン・ファンの頭をポンと叩いて、「さ、行こう」

と、促《うなが》した。

暗い道を歩いて行くと、片側は、ずっと高い塀が切れ目なく続いて、一軒の家なら大邸宅《ていたく》である。

勝手はよく分っていて、玲香は、裏口の戸のわきにあるボタンを押した。

「——どなた？」

と、男の声がする。

「玲香です」

「入りなさい」

「はい」

裏口の戸のロックが外れる音がした。

戸を開けて、中へ入ると、植込みの向うに大きな邸宅の影が見える。

「こっちよ」

と、ドン・ファンを手招きして、玲香は植込みの間を歩いて行った。

広い芝生の庭に出る。

「——やあ、よく来た」

出迎えたのは、片桐だった。「入りなさい。その犬は?」

「私の連れ」

「そうか」

と、片桐は笑って、「じゃ一緒に。——構わんよ」

ガラス扉を開けて待つ片桐は、ガウンをはおって、パイプをくわえていた。

広々とした居間に入ると、玲香は、ソファに腰をおろした。

「何か食べるかね?」

「いえ……。でも、何かお菓子でもあれば」

「用意させよう」

「あ、それから、この犬にも。——紅茶が好きなんです」

「おや、なかなか趣味のいい犬だな」

「ワン」

と、ドン・ファンが言った。

手伝いの女性が、クッキーや紅茶を用意して退がって行くと、玲香は、たちまちクッキーを五、六個口に入れてしまった。

「お腹が空いてたのか？」

と、片桐が目を丸くする。

「ちょっと。――お母さんが死んでも、お腹空くんですよね」

「それは当然だよ」

片桐もソファに寛《くつろ》ぐと、「心配してたよ。どこにいたんだね？」

「親切な人の家に」

「そうか。それなら良かった」

と、片桐は肯いた。「後のことは心配しなくていい。あの高沢という男が、やってくれるだろう」

「それなんです」

「何だい？」

「高沢さんが、お母さんを殺したのかもしれないって……」

片桐はちょっと眉《まゆ》を上げた。

「一体誰がそんなことを？」

「警察の人は、そう考えてるみたいなんです。それに、お母さんと高沢さん、ずっと、その――」

「恋人同士だった、と？」

「ええ」

と、肯いてから、じっと片桐を見つめて、「知ってたんですか」

と、やや厳しい調子になって、訊いた。

「そうかもしれない、とは思っていたよ」

片桐は、ゆっくりと言葉を選ぶようにして、「しかし、分ってあげなきゃいけない。お母さんは、あまり気の進まない結婚をしたんだからね」

「ええ……。分ってますけど」

玲香が、曖昧《あいまい》に言った。そして、ちょっと息をついて、

「もし、高沢さんが、お母さんを殺したとしたら、捕まりますね」

「そういうことになるかな」

「私、そしたら、一人ぼっちだわ」

「クウーン」

と、紅茶をもらって、そっちを味わうのに熱中していたドン・ファンが、やっと少し話の方に身を入れて（？）、共感するように、鳴いた。

「その心配はしなくていい」

と、片桐が言った。「君に辛い思いをさせるものか」

「ありがとう」

玲香は、微笑んだ。「いつも親切ですね。——でも、お母さん、死んじゃったのに、これ以上は……」

「おい、私はそんなに冷たい男じゃないよ」

と、片桐は笑って言った。

「ええ……。でも、私は別に片桐さんと何の縁もないのに、面倒みていただくわけにもいきません」

片桐が真顔になった。

「——玲香君。聞いてくれ」

「何ですか」

「君は——考えたことがないかね。自分の父親について」

玲香は戸惑ったように、

「父のこと?——そりゃあ、父は父ですから。でも、あんな年寄りだったから……」

「そうじゃない。君のお父さんは、なかなか子供ができなくて、苦労した。ところが君のお母さんと結婚して、すぐに君ができたというわけだ」

「ええ……。それが何か？」

「はっきり言おう」

片桐は、少し間を置いて、「君の本当の父親は私なんだよ」

玲香が、目を見開いた。

「――嘘《うそ》！」

「本当だ。誓ってもいい」

「じゃ……。お母さんと、そんなに前から？」

「その通り。もちろん、お母さんも、そのことはよく知っていた」

「そんなことって……」

「私が父親じゃ、いやかね？」

片桐の問いに、玲香はすぐには答えなかった。

しばらくじっと目を伏せていたが、やがて顔を上げ、

「いいえ」

と、首を振った。「とっても嬉しいです」

片桐が、ホッとしたように、笑顔になった。

「良かった！」

「お父さん！」

玲香が駆け寄って、片桐に抱きつく。

感動的なシーンのはずなのに、ドン・ファンは、アーアと欠伸をしていた……。

「——お母さんはあんなことになったが、君のことは私がちゃんと面倒をみる。分ったね？」

「ええ」

「君も、故郷へ戻ると、小山内家の跡取りというわけだ。君はしっかりしてるから、立派にやって行けるよ」

「そんなの！　だって、せっかくお父さんだって分ったのに。別れて暮すのなんて、いや！」

「じゃ、私が一緒に行って、向うで暮そうか？」

「それならいい！」

「そうか」

片桐は、玲香を抱きしめて……。そして、動かなくなった。

いつの間にか、目の前に高沢が立っていたのだ。

「——いい気なもんだな」

玲香がパッと振り向いて、

「高沢さん！」

高沢の手には、拳銃《けんじゅう》があった。銃口はピタリと片桐へ向いている。

「おい、やめろ。そんなことをして、何になるんだ」

片桐は、玲香をわきへ押しやって、「私を撃つ気なのか？」

「同じことさ。ばれてしまえばね」

「高沢さん！――お母さんを殺したの？」

と、玲香が鋭い声で言うと、高沢は、苦しげに顔をしかめた。

「すまない。君のお母さんを、本当に愛していたんだ。誰の手にも渡したくなかった」

「だからって――」

「君と常吉を結婚させるのは可哀そうだと言って、君のお母さんは、自分が常吉と結婚すると言い出したんだよ。それを聞いて、私はカッとなってしまった」

「ひどい人！」

と、玲香は、高沢をにらみつけ、「その上、お父さんまで殺そうっていうのね！」

「玲香君」

と、高沢は、銃口をピタリと片桐へ向けたまま、「この男は、とんだ食わせ者なんだよ」

「え？」

「馬鹿げたことを――」

「黙れ！」

高沢は、怒鳴《どな》った。「こいつの狙いは、君の後見役になって、あの町の実権を握ることなんだ」

「でたらめだ！」

「この男は私が君のお母さんを殺したのを知っていて、私をおどしたんだ。大河内常吉を殺せとね」

「常吉を？」

「そうさ。こいつは、小山内家、大河内家、両方を手に入れようとしたんだ」

「玲香、信じるんじゃない」

と、片桐が言った。「君のお母さんを殺した男だ」

「玲香君」

と、高沢が言った。「もう一つ。――この男は、君の父親じゃない」

「何ですって？」

びっくりしたのは、玲香だけではなかった。

片桐も、目をむいた。

「何を言い出すんだ！」

「──あんたは信じてたろう。自分の娘だとね」

と、高沢が唇《くちびる》を歪《ゆが》めて笑った。「しかし、そいつは嘘だ。夕里が、あんたをつなぎ止めておくためにそう言ったんだ」

「よくもそんな出まかせを──」

「出まかせじゃない。正真正銘、本当さ」

「じゃ、やっぱり父親はあの……」

「いや。君の父親は、私だ」

と、高沢は言った。

──その時、ドアが開いた。

「あの、お客様が」

手伝いの女性が、何も知らずに入って来たのだ。

高沢が一瞬、そっちへ目を向けた。片桐が飛びかかる。そして銃声が耳を打った。

片桐が、腕を押えてうずくまった。

「ワン！」

ドン・ファンが、やっと出番が来た、というのか、パッと駆けて行くと、意外に
(?) 身軽に飛び上って、高沢の手にかみついた。

「いてっ！」

と、高沢が声を上げ、拳銃が落ちる。

ドアから、亜由美と殿永が駆け込んで来たのは、その時だった。

「助かった！」

片桐が、腕を押えたまま、立ち上った。「こいつが、夕里と大河内常吉を殺したんだ」

「否定はしませんよ」

高沢は、息をついて、「玲香君、すまなかったね」

と、言った。

殿永は電話で救急車を呼ぶと、

「――まあ、どちらが本当の父親か、調べればはっきりするでしょうな」

と、言った。

「当の母親を殺すなんてことがありますか、父親が」

と、片桐は首を振って、「でたらめだ」

「いや、そうとも言えません」

と、殿永は言った。

「どういう意味です？」

「片桐さん。――夕里さんの死体を調べたところ、首を絞《し》めて殺されていたのは確かですが、時間がずれて、二度絞められていることが分ったんです」

「どういうことですか」

と、高沢が面食らったように言った。

「つまり、高沢さん、あんたが絞めた時、彼女はぐったりして、あんたは死んだと思ったろうが、実は気を失っていただけなんだよ」

「それじゃ……」

「その後、来た男が、もう一度絞めて殺したんだ。——それは、片桐さん、あんたですな」

片桐は青ざめた。

「こいつ！」

高沢が、片桐へと飛びかかって行った。

エピローグ

「片桐は、前から、あの町を狙っていたんですよ」

と、殿永は言った。

「じゃ、かなり計画的に？」

と、亜由美が訊く。

――おなじみの、亜由美の家の居間。

中央のテーブルには、ケーキが出ている。

「いや、もちろん、あの当主二人が死んじゃったので、急に、一気にやっつけてやろうと決心したんでしょう。しかし、その前から、自分で人を雇って、あの町の利権の大きさなどを調べさせていました」

「じゃ、初めから、お母さんを殺すつもりで？」

と、玲香が言った。

「すっかり高沢に夢中になっていたんですな、夕里さんは。片桐は、夕里さんと結婚して、小山内家を手中にしてもいいと思っていた。しかし、もし拒まれたら、殺したでしょうね」

「ちょうどあのホテルへ行くと、高沢が逃げ出して来たわけね」

と、亜由美が肯く。

「高沢を見張っていたんです。当然、夕里さんと会うはずですからね。——そして、自分で殺しておいて、高沢をおどした」

「ひどい人……」

と、玲香が言った。

「——これから、どうするの?」

と、聡子が言った。

専《もっぱ》らケーキにつられて来たのだが、もちろん話も聞いているのである。

「だって……。一体誰が本当のお父さんなのか……」

「ワン」

ドン・ファンが鳴いた。——玲香は、ふっと笑って、

「そうね。——関係ないわね! 私は私!」

と、元気よく言った。「ともかく、帰って母のお葬式《そうしき》をきちんと済ませます。それから、色々な人の話を聞きながら、何とか、小山内家を継いで、やって行きますわ」

「その意気!」

と、亜由美は手を叩いた。

殿永が玲香を送って、帰って行く。——残った亜由美と聡子は、残ったケーキを食べていた。

「ね、亜由美」

と、聡子が言った。

「うん？」

「あなた、あの高沢って人に——」

「もうやめて。過去は過去よ」

「そうね。またいい男が現われる、か」

「ここにも一人いるしね。——ね、ドン・ファン？」

亜由美が頭を撫でてやると、ドン・ファンは、

「クウーン」

と、甘い声で応じたのだった。

花嫁学校の始業式

プロローグ

今夜こそ——。

田沢賢一《たざわけんいち》は、今日彼女に会う前から、固く決心して来ていたのだった。今夜こそ。

今夜こそは、はっきり言ってしまおう、と……。

しかし、そういう話というのは、やはりきっかけというものが必要である。

ラーメンの中のチャーシューが多いか少ないかを論じているときに、いきなり、

「結婚してくれないか?」

と言うのは、やはり真面目《まじめ》に取られない恐れがあるし、

「今年のセ・リーグはどこが強いか」

と、弁じながら、ついでに、

「僕の嫁さんになってくれないか?」

と訊《き》くのも、少々相手を怒らせる危険がある。

そこはやはり、いささか平凡なきらいはあるが、「静かな環境」「ふと、二人の未来に思いをはせるような沈黙」「他にあまり気を取られることのない、薄暗がり」といった、住宅選び並みの条件を必要とするのだ。

あんまり真暗で、物音一つしない所でも、却《かえ》って怖《こわ》くてだめだろうが、そこは適度な「間」というものが大切なのだ。

しかし、現実にデートしていて、そういう都合のいい瞬間というのは、なかなかあるものではない。

待ち合せた喫茶店は、客に早く出て行けと言わんばかりにガンガン音楽を流しているし、映画を見ている間にプロポーズするのも妙なものだ。その後の食事のときが、強《し》いて言えばチャンスだろうが、一流のフランス料理店ならいざ知らず、田沢の財布に見合った店となると、週末の夜には若いアベックが行列して席が空《あ》くのを待っている始末。

おまけに、やっと四人がけのテーブルについたら、

「混み合っておりますので、ご相席を」

と、拒む間もなく、もう一組のアベックと一緒にされてしまう。

また、そのアベックが喧嘩《けんか》中とみえて、口もきかずににらみ合っているのだから、田沢たちばかりがペラペラおしゃべりしているわけにもいかず、早々に食事を終えて、出てしまった。

どこかでお茶でも、と思ったが、どの店も満員。――かくて、足が棒となり果てた二人は、帰路についた。

帰りの電車は地下鉄だから、うるさくて、話などできない。

やっと――やっと静かな道を二人で歩いていられるようになったのは、駅から彼女の家まで送って行く道すがらであった。

「――くたびれたね」

と、田沢が言った。「ごめんよ、本当に」

「あなたのせいじゃないわ」

「それにしても……。要領悪いんだよ、僕は」

と、田沢が首を振る。

「いいのよ。――そこがあなたらしいの」

気を悪くした様子もない。田沢はホッとした。この分なら……。

しかし、あんまりのんびりしてはいられなかった。駅から彼女の家までは、ほんの五分ほどしかないのである。

ためらっている内に、向うへ着いてしまう心配があった。

幸い、話が途切れた。辺りは静かで、人もいない。特別に寂《さび》しい道というわけでもないのだが、たまたま、この時間にしては珍しく、通る人がいなかったのである。

チャンスだ！――田沢は胸をときめかせた。咳払《せきばら》いをして、

「ええと――」

「雨だわ」

　と、彼女が言った。

「え？」

「今、ポツンと当ったわ」

　そんな――そんな馬鹿な！

　しかし、事実だった。パタパタと雨滴《うてき》が肩や頭に当った。

「走って行くわ」

　と、彼女が言った。「じゃ、またね」

　走り出した彼女の姿を、田沢は一瞬ポカンとして見送っていたが、突然カッと頭に血が上った。

　畜生！　こんな話があるもんか！　何が何でも――そうだ！　今夜こそ！

「待ってくれ！」

　と、叫んで、田沢は駆け出した。

　彼女がびっくりして足を止め、振り向いたところへ、田沢がしっかりと肩をつかんだ。

「結婚してくれ！」

「――何ですって？」

「結婚してほしい。お願いだ！　うん、と言ってくれ！」

「田沢さん……」

雨が強く降り出す。田沢は、彼女を強引に抱きしめ、キスした。一瞬、押し戻そうとする力を感じたが、すぐに彼女は、体の力を抜いた。

やった！――田沢は感激で飛び上らんばかりだった。ただ、彼女を抱いたままでは、飛び上れなかったのである。

雨で、びしょ濡《ぬ》れになっても、一向《いっこう》に気にならなかった。ドラマチックでいいじゃないか。まるで映画みたいだ。

「君を離さないぞ、僕は――」

と、映画の登場人物のようなセリフまで口にしてみた。「僕は君を幸せに――」

急に、背中から胸へと貫《つらぬ》き通す痛みを感じた。――どうしたんだろう？

彼女が離れる。待ってくれ。――行かないで。行かないでくれ！

「ごめんなさい」

と、彼女が言った。「ごめんなさい！」

雨の中へ、彼女が駆け出す。

「待って！」

と、足を踏み出した田沢は、そのまま地面に膝《ひざ》をついてしまった。

どうして力が入らないんだ！　どうして目の前が暗くなって行くんだろう？

眠いわけじゃないのに……。どうして……。

待ってくれ！　待って……。

声にはならなかった。田沢は、雨の中に前のめりに倒れると、それきり動かなくなった。

背中から流れる血を、雨が洗い流し、もう痛みも冷たさも、田沢賢一は感じなくなっていたのだ……。

1　お節介

「春休み。ああ、春休み、春休み」

と、亜由美《あゆみ》は踊《おど》ってみせた。

「どうかしちゃったんじゃないの？」

呆《あき》れ顔で亜由美を眺《なが》めているのは、亜由美の親友、神田聡子《かんださとこ》である。

「だって、楽しいじゃないの！　休みよ、休み！　この世で一番楽しいのはお休み！」

「付合い切れないわね」

と、聡子は首を振った。

「あら、どうして？」

亜由美はデン、とベッドの上に座った。危く、下敷きにされそうだった、ダックスフントのドン・ファンが、

「キャン！」

と、飛び上って、あわててベッドの下へ潜《もぐ》り込む。

「あ、ごめんよ」

と亜由美はベッドの下を覗《のぞ》き込んで、「お前、いつも女の子のベッドに潜り込んでるからいけないのよ。春なのよ、春！　少し、外へ出て、恋でも語ってらっしゃい」

「よしなさいよ」

と、聡子が言った。「そっくりの子犬がゾロゾロ出て来たら困るでしょ」

「聡子ったら！　男に振られたの？」

「ちょっと！　何よそれ！　どうして犬の話をすると、男に振られたことになるの？」

「分った分った。そうむきになるなって」

塚川《つかがわ》亜由美のことを、ただひたすら明るく、軽薄な子だと思ってはいけない。ま、たいていそれに近いのは事実だが、時には真剣に悩み、泣くことだってあるのである。

私立大の文学部に通い、遊びの方にも力を入れているが、勉強も嫌《きら》いではない。しかし、レポートの提出も何もない、春休みを喜ぶという「健全」な精神は持ち合せていた。

「いいわね、亜由美は楽しそうで」

と、聡子はやはり少々憂鬱《ゆううつ》そう。

「だって春休みよ」

「だからって……。何か予定あんの？」

「なし。全然、白紙！　ゼロ！　皆無《かいむ》！」

「それで楽しい？」

「だから楽しいのよ。これこそ休み、じゃないの」

「そうかなあ」

と、聡子はカーペットの上に引っくり返った。

ここは亜由美の部屋である。先ほどからの会話で分る通り、春休みに入って、聡子が、亜由美の家へ遊びに来ていたのだった。

「じゃ、聡子は何が足らないわけ？」

と、亜由美がベッドに引っくり返る。

上と下で引っくり返って、何とも怠惰《たいだ》な光景である。

「男」

と、聡子が一言、言った。

「男がどうしたの？」

と、ドアが開いて、亜由美の母、清美が顔を出す。

「お母さん！　ノックしてから入って、って言ってるでしょ、いつも」

「あ、そうか。やり直す？」

「いいわよ、もう。――何か用？」

「用がないのに二階まで上って来ないわよ」

分ったもんじゃないわ、と亜由美は思った。大体、お母さんは変ってるんだから。自分のことは棚《たな》に上げて、亜由美は思った。もっとも、亜由美が母親の血を濃《こ》く引いているというのは、誰しもの一致した意見であった……。

「でも、本当にねえ」

と、突然、清美は話の核心へ飛び込んだ。「昔は、私だって、休みのときに、親をごまかして男の子と遊びに行ったものよ。それが亜由美ときたら、男より食い気。二十歳《はたち》も過ぎたのに、恋人もいない。たまに目を輝かせるのは殺人事件。――本当にいやになるわよ」

「お母さん。友だちの前で自分の子供をこき下ろしに来たの？」

「そうじゃないの。――これ、学生証よ」

と、清美がピンクのカードを亜由美へ渡した。「ちゃんと真面目に通ってね」

「学生証？　学生証は新学期になってから……。大体、何よ、この趣味《しゅみ》の悪いピンクのカード？」

亜由美は起き上って、読んでみた。「〈ＡＢＺブライダル・スクール〉？――何なの、これ？」

「結婚準備中の女性のための学校よ」

亜由美は目をパチクリさせて、

「これ——どうして私に？」

「あなたが入学してるからよ」

亜由美は啞然《あぜん》とした。

「ちょっと！　私、こんなのに入った覚え、ないわよ」

「私が申し込んだの」

と、清美は澄ましている。「あなたは忙しそうだったから、代りにね」

「こんなもの、入らないわよ」

「入ったんだから、仕方ないでしょ。それとも、十万円、ふいにするつもり？」

「十……万円？」

亜由美は信じられない思いで、「こんなものに——お母さん、十万円も払ったの？」

「一生の幸せが十万円で手に入れば、安いものです。——これ、向うの係の人が言ってたのよ」

清美は、ドアを開けると、「どうせ春休み、やることなくて暇《ひま》だと言ってたでしょ？　明日からだから、ちゃんと通ってね」

と言って、出て行った。

亜由美、ポカンとして見送っている。

——聡子が笑い出した。

「何がおかしいのよ！」

と、亜由美が顔を真赤にして、「冗談《じょうだん》じゃないわ、こんなもの！」

学生証をポンと放り出す。聡子が拾って、

「もったいない！　行っといでよ。どんなことやるのかだけでも見てくれば？　面白いじゃないの」

「面白くなんかない！」

と、ふてくされて、「聡子が行ってくれば？」

「いやよ。そんな所、男、いないでしょ」

確かに、聡子の意見も、もっともであった……。

聡子が帰って、亜由美は一人になると、カーペットの上に投げ出してあるピンクのカードを、渋々《しぶしぶ》拾い上げた。

「ブライダル・スクールねえ……」

と、ため息と共に呟《つぶや》くと、「お節介なんだから！」

と、またベッドに引っくり返った。

「男の方は入れないんですよ」

受付の女性の困ったような声に、亜由美はふと足を止めた。

――ブライダル・スクールの昼休み。

十万円がもったいない、と、ただそれだけの理由で、朝十時に、この都心の超高層ビルへやって来た亜由美は、まず、集まっている女性たちの多彩なことにびっくりした。

下は中学生から、上は六十代のお年寄までいる！　ま、大部分は二十代の女性たちだが、それでも、何とかして結婚してやろう、誰か捕《つか》まえてやろう、という意気込みに目を輝かせているタイプもいれば、おっとりと、話を聞いてるのか居眠りしてるのかよく分らない令嬢風の女性もいる。

亜由美には、スクールの校長の話よりも、集まっている女性たちを眺めている方が、ずっと面白かった。

もっとも、校長そのものは、亜由美にも大いに興味を抱かせる存在だった。――四十歳前後だろうか。知的で、スマートな美女である。

本名かどうかは分らないが、夕桐麻香《ゆうぎりあさか》といった。声もきれいで、話も巧み、内容よりも、その容姿と語り口で、説得力を持っていた。

五十人ほどの新入生への挨拶《あいさつ》が終って、廊下へ出ると、ポンと肩を叩《たた》かれる。振り返って、目を丸くした。

「聡子！」

神田聡子が、ちょっと照れたような顔で立っている。

「昨日帰ってね、母にこの話したら、電話して申し込んじゃったの」

二人は一緒に笑い出した。

——しかし、授業の方もなかなか面白かった。

役にも立たないフランス料理なんかを教えるのでなく、「共稼《ともかせ》ぎのときの家計の原則」だの、「姑《しゅうとめ》との付合いの心理学」「家計簿をいかに手を抜いてつけるか」といった具合の、至って実用的な講義が並んでいる。

「どうせなら、男の見付け方ぐらいやってくれないのかしら」

と、聡子は少々不満そうだったが、亜由美は、大学の講義より面白そうだわ、などと考えていた。

午前中、二時間の授業を終って、

「じゃ、上でお昼でも食べようよ」

と、聡子と一緒に歩き出したとき、受付の声が耳に入ったのである。

「——男の方は入れないんですよ」

「男で入ろうってのがいるみたいね」

と、聡子が言った。

「物好きね。――結構、いい年齢《とし》よ」

亜由美は、その地味な背広の後ろ姿を見て、はて、どこかで見たような、と思った。

「そこを何とかならんかね」

と、男が言った。

あの声……。亜由美は、近付いて行って、

「失礼ですけど」

と、声をかけた。

その男が振り向いて、目を丸くした。

「やあ、これは――」

「殿永さん！　やっぱり！」

亜由美は、ますます嬉《うれ》しくなって、母親に感謝さえしたい気分になっていた。

「――いや、困ったな」

と、殿永刑事は、亜由美たちと昼のサンドイッチを食べながら、苦笑いした。

「白状しなさい」

と、亜由美が食い下がる。「何の事件なんですか？」

「何でもない、と言っても、信じていただけないでしょうね」

「当り前ですよ。何でもないのに、ベテランの刑事さんが、こんな所へ来るわけないでしょ。花嫁さんになりたい、っていうのならともかく」

「分りました」

と、殿永は肩をすくめて、「しかし、一つ約束して下さい」

「分ってます。事件に首を突っ込むな、っておっしゃるんでしょ？」

「分ってりゃいいんです」

「でも、お約束はできません」

殿永は諦《あきら》めた様子で、

「殺人ですよ」

と、声を低くした。

「それで？　被害者がここの生徒だったんですか？」

「そんなに迫って来ないで下さい」

「じらさないで、早く話して下さいよ」

「殺されたのは男です。田沢賢一。二十八歳のサラリーマンでした」

「それで？」

「恋人とデートした帰り、背中を刺《さ》されて死んでいたんです。道でね」

「犯人は女？」

「その恋人というのが誰なのか、分らないんですよ」

と、殿永は言った。「田沢は独り暮しでした。田舎《いなか》の両親には、付合っている女性がいる、と知らせていましたが、名前も住んでいる所も、書いていませんでした」

「会社の同僚の女性じゃ？」

「違うようです。親しい同僚にも、好きな女性がいるとは言っていましたが、会社の娘《こ》じゃない、としか話していなかったんです」

「でも誰か……」

「色々訊いて回ったんですが、田沢というのは内気で大人しい男のようでしてね。恋人のことを、誰にも話していなかったんです」

「それじゃ、どうして――」

「ただ、その日、田沢は、会社を定時で退社しました。忙しい時期だったんですが、同僚が、『デートか？』と冷やかすと、『そうなんだ』と答えたんです」

「そしてその夜に殺された……」

「そうです」

「でも、その女に殺されたとは限らないでしょ？　別れて、一人で帰る途中に殺されたとか――」

「彼のアパートとはまるで別の場所でした。電車で三十分以上かかる駅の近くです」

「つまり――」

「その女性を送って行った、と考えられます。しかし、事件が新聞にも出たし、TVでも放送されました。一週間たつのに、その女性は名乗り出て来ません」

「係《かか》り合《わ》いたくないのかもしれませんよ」

と、聡子が言った。「大して気がない相手だったら、なおさら」

「その可能性はあります」

と、殿永は肯《うなず》いて、「誠に残念なことですがね」

「やっぱり警察って、あんまり気楽に訪ねて行ける所じゃありませんものね」

と、亜由美は言った。「殿永さんみたいな刑事さんばっかりなら、女の子がワイワイ詰《つ》めかけるでしょうけど」

「そんなにおだててくれなくても、ここはおごりますよ」

「あら、そんなつもりじゃ……。でも、せっかくのご好意ですから」

亜由美はちゃっかりしたものである。

「それにね」

と、殿永は言った。「被害者の唇《くちびる》に、わずかですが、口紅がついていたのです」

「そういう趣味があったんですか」

と、聡子が言って、亜由美につつかれた。

「馬鹿ね！　キスしてついたに決ってるじゃないの」

「あ、そうか」

「ともかく、目撃者もいないし、手がかりも皆無。背中を刺して、凶器は持ち去っているんですが、雨が降ってましたからね、多少返り血を浴びていても雨で洗い流されただろうし……」

「でも、キスまでして、どうして殺すの？」

と、聡子が素朴な疑問を述べた。

「そんなことも分らないの？　お子様ねえ」

亜由美に馬鹿にされて、

「何よ！」

と、聡子もむきになっている。

殿永が笑って、

「まあまあ」

と、なだめた。「塚川さんも、あまり恋のベテランとは言えないんじゃありませんか？」

「そりゃ清純派ですから」

「言うことがコロコロ変るんだから」

「ま、可愛さ余って、ということはあるにしても、田沢という男性、誰に訊いても、至って真面目で堅物《かたぶつ》、女を弄《もてあそ》ぶような男じゃないのです。――だから、逆に、女に振られて田沢の方が女を刺した、というのなら分るのですがね」

「じゃ、もしその女がやったのだとすると……」

「もちろん、問題の女性を送ってから、他の人間に刺されたという可能性もあります。もっとも、財布も盗られていないし、誰かに恨まれていたという証言もありませんがね」

「じゃ、やっぱりその女ですね」

「犯人でないとしても、まず見付けて、話を聞かなくてはなりません。そのために、ここへ来たわけです」

「でも――どうして、あのブライダル・スクールへ？」

「実は、事件の三日ほど前に、会社の昼休みの時間、女の子たちがしゃべっていて、ここの話題が出たらしいのです」

それは亜由美にも分る。亜由美は興味がないので知らなかったが、ここへ来てみると、方々の週刊誌や女性誌に紹介されていて、結構話題になっていたらしいのだ。

年齢的にも、その手の話に敏感なＯＬが、このブライダル・スクールのことを話題にしてもおかしくはない。

「そのとき、一人が、そばにいた田沢へ、『田沢さんの彼女にも教えてあげたら？』

と声をかけると、田沢も話を聞いていたようで、『うん、そこへ通ってるんだよ』と答えたそうなんです」

「へえ！」

聡子は目を輝かせた。「じゃ、今日の五十人の中に、殺人犯がいるんだわ」

「何よ、私のお株を取らないで。――でも、殿永さん、私たちのクラスは、今日から入学したんですよ。その話をしてたのは……十日前？」

「それぐらいです」

「じゃ、前から継続してる、別のクラスの人かもしれないわね」

「でも、申し込みが済んでたのかもよ」

と、聡子が口を挟《はさ》む。「それなら、もう男の方は、通ってる、と思い込んだかもしれない」

「それはあり得るわね。――殿永さん、私たち、当ってみてもいいですわ」

殿永は渋い顔になった。

「そう来ると思いましたよ。しかしね、相手は殺人犯かもしれない」

「慣《な》れてます。聡子、あんたはだめ。おっちょこちょいだから」

「よく言うわよ。どっちが！」

「私は慣れてるの」

「いいですか」

と、殿永は念を押すように、「いくら慣れていても、死んだら生き返れないんですからね！」

よく分った話である。

「じゃ、殿永さん、女装して入学します？」

と、亜由美が訊くと、殿永はぐっと詰《つま》った。

「とても無理ね。どう頑張《がんば》っても」

「ねえ」

と、女二人して顔を見合せる。

「――分りましたよ」

と、殿永は、ため息をついた。「しかし、一つ約束して下さい。無断で――」

「無茶な真似《まね》をするな。よく承知してます」

承知しているのと、実行するのでは大分違う。殿永もその辺はよく知っているので、不安げに亜由美と聡子を眺めるのだった……。

「――で、差し当りは何を調べます？」

と、亜由美は訊いた。

「学生たちの住所ですね。現場に近い所に住んでいるんじゃないかと考えられます」

「そんなの簡単だわ」

と、聡子が言った。「事務室へ行って見せてもらえばいいのよ」

「何と言って？　殺人事件の捜査です、って？　だめよ、そんなの」

「じゃ、どうするの？」

「何か考えるわ。任せといて」

亜由美は早くもニヤニヤしている。反比例して、殿永の方はハラハラしていた。

「――ね、見て」

と、聡子が、亜由美をつついた。「校長先生よ、ほら」

なるほど、校長の夕桐麻香が、喫茶店に入って来たのだ。店の人とも、また客の何人かとも、顔なじみらしく、笑顔で会釈《えしゃく》をくり返して、やっと席についた。

「チャーミングねえ」

と、聡子がため息をついた。「あの人、結婚してるのかしら？」

「知らないわ」

と、亜由美は肩をすくめて、しかし、確かに夕桐麻香が魅力的な女性であることに異議はなかった。

「じゃ、何かつかめたら、連絡しますわ、殿永さん。――殿永さん」

亜由美に呼ばれて、何かぼんやりしていた殿永はハッと我に返った。

「あ、いや失礼」

「どこかの可愛い子に見とれてたんでしょ」

「目の前に二人もいるのに、ですか?」

と、殿永は真面目な顔で言った。「今入って来た女性を見てたんです」

「ブライダル・スクールの校長さんですわ」

「ほう。あの女性が?」

「ええ、夕桐麻香という……。ご存知の方ですの?」

「いや……」

殿永は、ちょっと考えて、「どこかで見かけたことがあるような気がしましてね」

と言った。

「殿永さんも、何か分ったら、連絡して下さいね」

「分りました。しかし、くれぐれも無茶はしないで下さいよ。花嫁学校へ来て、殺人犯捜しじゃ、お母さんが嘆《なげ》かれる」

「母なら大丈夫。変り者ですから」

と、亜由美が言っているころ、家では、母の清美が——。

2 訪ねて来た男

「ハクション！」

と、清美はくしゃみをした。「いやねえ……。風邪《かぜ》引いたのかしら。それとも、また亜由美が悪口を言ってるのかな……」

なかなかいい勘をしているのである。

あ、そうか。今日からあの子、ブライダル・スクールへ通ってるんだわ。

「本当に行ってるんでしょうね」

少し心配になって来た。

何だかいやがっていた割には、今朝はすんなり出かけたけど……。どこかよそへ遊びに行ったんじゃないのかしら。

あの子は、世間知らずだから、と清美は自分のことは棚に上げて、思った。悪い場所へ出入りして、不良の仲間でもできたら……。

困ったもんだわ、とため息をつく。

勝手に心配しながら居間へ入って行くと、ＴＶが点けっ放しになっている。

何だか古いアニメの再放送らしかった。

「あら、いやだ」

と、清美は、歩いて行ってTVを消した。

と、またパッとTVが点く。

「あら、変ね」

またスイッチを押して消す。——と、またパッと点く。

「故障かしら？」

「故障じゃない」

と、声がした。

目をパチクリさせて振り向いた清美、

「あら、あなた」

夫がソファに座ってTVのリモコンを手にしているのを見て、「会社は？」

「今日は休むと言ったろう！　どけ、TVが見えん」

「はいはい」

「せっかく、いいところだったのに……」

父親は技術畑の人間だが、やはり（？）少々変っていて、少女ものアニメ——それも涙腺《るいせん》を極度に刺激してくれるようなものが大好きと来ている。

「今、ハイジが、大好きなおばあさんにさよならを言いに行くところなんだ。一人にしといてくれ」

「はいはい」

清美は、居間を出た。――ま、あれでストレスの解消になるのなら、楽なもんだわ。バーで飲んだり、浮気をされるよりは、よっぽどいい。アニメのヒロインと「浮気」したって、実害があるわけじゃないし……。

玄関《げんかん》の方で、トントン、とドアを叩《たた》く音がした。

「はい。――どちら様ですか」

と、声をかけると、

「亜由美さん、いますか」

と、男の声。

まあ珍しい。ボーイフレンドかしら。

いそいそと出て行って、ドアを開けると――。目の前に立っていたのは、白い上下のスーツ、赤いシャツに黄色のネッカチーフ、サングラスといういでたちの若い男。いかに変った趣味の清美でも目を丸くする格好である。付け加えると、靴はヒールの高い、エナメルだった。

「あの……」

唖然として、清美が言葉もなく、突っ立っていると、男は、

「亜由美さんにお目にかかりたいんですが」

と、外見よりは丁寧《ていねい》な口調で言った。

「——出かけております」

「そうですか。お帰りは？」

「たぶん——夕方」

「今、大学はお休みですね」

「はい。でも今学校へ——」

「学校？　何の学校です？」

「ええ……。花嫁学校へ」

「花嫁学校ですって？」

男が声を高くした。「亜由美さんが？」

「ええ」

「そうですか……」

男は、やや考え込んでいたが、「では、出直して来ます」

「あ、あの——」

声をかけたときは、もう男は、表に停めてあった真赤なスポーツカー……いや、真赤な自転車に乗って、走り去ってしまった。

「何かしら、あれ？」

清美が度肝《どぎも》を抜かれるというのは、実際、大変なことなのである……。


「うん、実り多い一日だった！」

と、亜由美は満足気に言った。

ブライダル・スクール第一日が、終ったのである。

「そうね」

と、聡子も同意はしたが、「男がいないけど」

と、付け加えた。

五時である。――考えてみれば、朝の十時から、夕方五時まで、みっちりと勉強したわけだ。

大学だって、こんなに熱心に講義に出ることは、めったにない。次のテストに出る、という講義の時ぐらいである。

亜由美がここでの第一日の内容に、大いに充実したものを味わった、というのは、裏を返せば、いかに大学の方をいい加減に出ているか、ということでもある。

五十人入ると、教室は、少し手狭《てぜま》な感じだ。しかし、受付の女性の話では、

「いつも、全員揃《そろ》うのは、初めの二、三回ですわ。その内、半分くらいになります」

ということだった。

「でも――どれが犯人かしらね」

と、聡子は、ゾロゾロと教室を出る女性たちを見て、言った。

「小さな声で！　すぐそばにいたら、どうするのよ」

と、亜由美がたしなめる。

「大丈夫よ。近くには、おばさんとガキしかいないじゃない」

「あんた、大分口が悪くなったわね」

廊下《ろうか》へ出て、二人がほとんど最後の方を歩いていると、目の前にいた女の子がパッと振り向いた。

「お母さん！」

亜由美は面食らって、

「失礼ね！　どうして私があなたのお母さんなの！」

と、その少女をにらんだ。

中学生ぐらいだろう。どうしてこんな所へ来てるのかしら、と思うような、若い（というより幼い）娘である。しかし、ちょっと女優にしたくなるくらい可愛い顔立ちであった。

少女は、亜由美がにらんでいるのを見て、吹き出した。

「何がおかしいの！」

亜由美、ますます頭に来ていたが、聡子がつついて、

「亜由美。――違うわよ。後ろ、後ろ」

「え？」

振り返ると、そこには校長の夕桐麻香が、笑いをこらえながら、立っていた。

やっと分った。少女は、亜由美の後ろの、夕桐麻香に呼びかけていたのだ。

「あ、あの――ごめんなさい。ちょっとした勘違いです」

亜由美の心臓は相当なものだが、さすがに今度ばかりは真赤になってしまった。穴があったら入りたい、という気分だ。

「面白い人」

と、少女が笑いながら言った。

「失礼なこと言わないの」

と、夕桐麻香が言った。「塚川亜由美さんと、神田聡子さんね」

二人はびっくりして、顔を見合せた。

「そう驚かないで」

と、少女が言った。「お母さんは、必ず初日だけで、生徒さんの名前を全部憶《おぼ》えちゃうんだから」

「へえ！　凄《すご》い！」

と、聡子が思わず言った。

「それが私の仕事ですもの」

と、夕桐麻香が言って、微笑《ほほえ》んだ。「いかが？　もしお時間があったら、お話でもしましょう」

しめた、と亜由美は思った。何か手がかりがつかめるかもしれない。

「でも――お邪魔《じゃま》では？」

「とんでもない。さ、どうぞ」

先に立って歩いて行く夕桐麻香と、その娘。――亜由美と聡子は、少し遅れて歩きながら、

「あんな大きな子がいるのね」

「あの美しさは、人妻の魅力よ」

などと囁《ささや》き合っていた。

「――あ、校長先生」

と、廊下の途中で、呼び止めたのは、受付にいた女性だった。

「あら、沢井さん。何か？」

と、夕桐麻香が振り向く。

「今日、何だか変な男の人が、入学したいと言って来ましたわ」

「男の人?」

「ええ。中年の、少しおかしい感じの人でした」

亜由美と聡子は、何とか吹き出さずに済んだ。

殿永が聞いたら、どう思うか。

「用心しなきゃね。何かまた言って来るようなら、ビルのガードマンを呼ぶといいわ」

「はい」

沢井という受付の女性、いかにも有能な事務員という印象の、メガネをかけた地味なタイプである。しかし、まだたぶん二十代半ばだろう。

——亜由美たちは、〈校長室〉へと通された。

「どうぞ、ゆっくりして」

と、夕桐麻香は二人にソファを勧《すす》めた。「これは私の娘なの」

と、少女を紹介する。

「香子《きょうこ》です」

なるほど、よく見ると母親に似ている。

「香子、お茶をいれて」

「はい、お母さん」

「あ、どうぞお構いなく」

と、亜由美は言ったが、その間に、もう香子は手早く仕度をしている。

自分では、お茶一ついれるのも面倒な亜由美は、すっかり感心してしまった。

「お二人とも大学生ね」

と、麻香が言った。

「そうです。今、春休みで」

「決った恋人はいないんでしょう」

亜由美は面食らった。

「ええ……。でも、どうして分ります？」

「感じでね」

と、微笑んで、「恋人がいれば、お休みの間に、ここへ通っていないでしょ」

亜由美たちも、思わず笑ってしまった。

「それに、ここへ来るのは大体、二通りの人なの。一つは、もう結婚も決っていて、実用的な勉強をしたい人、それから、放っておくといつになっても結婚しそうもないので、親ごさんが心配して通わせた人」

「当りです」

と、亜由美は笑って言った。

「ここを卒業された方から、よくお手紙やハガキをいただくわ」

と、麻香は言った。「結婚して、とてもうまく行ってる、と聞くと、とても嬉しいの。——私は、夫と別れたのよ」

「まあ」

「妙でしょ。実生活で結婚に失敗した女が、こんな学校をやってるなんてね。でも、失敗したからこそ、どうすればいいのか、よく分るのよ」

亜由美と聡子も、今は事件のことを忘れて、真剣に肯いたりしている……。

「どうぞ」

香子が、お茶を出す。

そこへドアが開いて、さっきの受付の女性が顔を出した。

「校長先生。雑誌社の方が」

「あら、早いわね。——いいわ、すぐ行く」

麻香は立ち上って、「ごめんなさい。およびしておいて」

「いいえ、とんでもない」

「お茶を召し上っていってね。じゃ、これで」

と、校長室を出て行く。

「——忙しいのねえ」

と、聡子が言った。

「でも、素敵な方」

亜由美も、素直に感心している。

「母にとっては、学校が命なんです」

と、香子が言った。

「そうねえ。——今、あなたとお母さんと二人で？」

「ええ、そうです」

香子は肯いた。

「じゃ、家のことは？」

「たいてい私がやります。お料理も、上手なんですよ」

亜由美は、あまり深く訊かないことにした。

お茶も、苦すぎず、薄すぎず、うまくいれてある。

「——お話があるんですけど」

香子が、真顔になって、ソファに座った。

「私たちに？」

「ええ。突然こんなことを言い出して、びっくりされるかもしれませんけど」

「私、びっくりすることって、大好きなの」

と、亜由美は言った。「話してみてくれる？」

「私……母に誰か男の人を見付けたいんです」

と、香子は言った。「誰か、いい人がいたら、紹介して下さい」

亜由美と聡子は、目を丸くした。


「――変な男？」

家へ帰って、亜由美は母の話に首をかしげた。「心当り、ないなあ」

「本当に？」

と、清美は信じていない様子だ。

「娘を信じないの？」

「そっちも親を信じてないでしょ」

なるほど、と亜由美は思った。

「でも、私、そんなキザな男なんて知らないわよ」

と、亜由美は居間へ入って行って、誰かとぶつかりそうになった。「キャッ！」

「何だ、亜由美か。お帰り」

「お父さん！――どうしたの？」

亜由美は、泣きじゃくっている父親を見て、びっくりした。

「お前……。たった今、息を引き取ったんだ」

「誰が？」

「カトリーヌの母親だ。娘の花嫁姿もついに見られず――」

「分ったわよ」

アニメの話なのだ。――亜由美はため息をついた。

「亜由美、ちょっと！」

と、清美が言った。「買物に行って来てくれない？」

「私が？」

と、いやだなあ、という声を出したが、すぐに、あの夕桐香子のことを思い出した。

「いいわよ。何を買うの？」

「今日はステーキを焼こうと思ったの」

「へえ。何が切れてたの？　油？」

「いいえ、お肉を買うのを忘れたの」

やっぱり、変っているのだ。

――亜由美は、大分薄暗くなって来た道を、財布を手に急いで歩いて行った。

しかし……。あの子の話も、なかなか、泣かせるものだった。

もし、父が聞いたら、感動の余り、あの少女の母親に結婚を申し込んだかもしれない。いや、本当にやりかねない！

「——母は忙し過ぎるんです」

と、香子は、亜由美と聡子に言ったのである。「体の調子が良くないのに、お医者にも行かないで……。少し、誰かを好きになるといいと思うんです。元気も出るし、その人のためにも、体を大事にするだろうし」

だから、母親に適当な男を、誰か見付けてくれないか、というわけだ。

「母はもう四十ですけど、若いでしょ？　だから、二十代ぐらいの、元気のいい男の人の方がいいと思うんです」

しかし、いくら何でも、大学生ってわけにゃいくまい。

亜由美たちは、心がけておくわ、ということで、逃げて来たのだった。

聡子いわく、

「そんな男がいたら、私が捕まえるわ」

——本音だろう。

ブルル……。車の音がした。

後ろから走って来る。亜由美は、無意識に、道の端の方へよけた。

エンジン音がぐっと高くなった。振り向くと、車のライトがカッと目を射た。

真直《まっす》ぐ、亜由美の方へ突っ込んで来る。

亜由美も、一瞬、立ちすくんだ。

「危ない！」

と、叫ぶ声。

次の瞬間、亜由美は突き飛ばされて、道を転がっていた。車が、たった今、亜由美のいた空間を駆け抜け、ゴミバケツを一つ、宙へはね上げると、ブルル、と音をたてて、走り去ってしまった。

——はねられるところだった。

亜由美は、やっと、事情を理解した。

「けがは？」

と、男の声がした。

起き上って見ると、白い上下のスーツ、赤いシャツ、サングラス……。

この男だわ！　お母さんが言ってたのは。

「あの——ありがとう。助けて下さったんですね」

「危なかったなあ。また何かやってんだろう、君は」

あれ？　どこかで聞いた声。

男がサングラスを外《はず》した。

「やあ」

「茂木さん！」

亜由美は目をみはった。

以前、ある事件のとき、一緒に捜査に当った、K署の若い刑事である。

「何なの、その格好？」

と、亜由美は立ち上りながら言った。

「それより、本当にけがは？」

「ないわ。丈夫が取り柄だから」

「そりゃ分ってるけど」

悪い男じゃないのだが、どうも神経の細やかさに欠けるところがあるのだ。

「今の車、見た？」

と、亜由美は訊いた。

「いや、もう暗いからね。しかし、わざと突っ込んで来たようにも見えたね」

「そうかもね」

「話してみろよ。また何か事件に首を突っ込んでるんだろ？」

「そう……。じゃ、茂木さん、お茶を一杯おごってよ」

転んでもタダじゃ起きない、というのが、亜由美のいい所（？）である。

「――殿永さんが？　しようがないなあ」

と、茂木は渋い顔になって、「あの人、自分じゃガミガミ言うくせに」

「それはそうと――」

亜由美は紅茶を飲みながら、「茂木さん、そのスタイルのわけを説明してくれなくちゃ」

「これかい？」

茂木は、白のスーツを見下ろして、ちょっと照れると、「いや、君に会いに行くのにね、以前と変らない吊《つる》しの背広じゃ冴《さ》えないだろ。だから、遊び着は遊び着というわけでね……」

「じゃ、私の所へ来るために？」

亜由美は呆れて、「てっきり、ヤクザに変装してるのかと思ったわ」

「まずいかな、このスタイル？」

「振られたきゃどうぞ」

と、亜由美は冷たく言い放つ。

「高かったんだ、このシャツ……」

と、少々未練がましい。「君の愛犬は元気かい？」

「ドン・ファン？　相変らず女の子を追いかけ回してるわ」

「大学は忙しい?」

「勉強すりゃ、忙しいと思うわ」

「買物は?」

「うん。お肉をね」

「結婚してくれないか」

「だから今から——何て言った?」

亜由美は目を丸くした。

「だから、プロポーズ」

「あのね、関係ない話の途中で、いきなりプロポーズしないで!」

「でも……。法律にゃ触れないよ」

「本気なの?」

「本気さ」

「考えるわ」

と、亜由美は言った。

「いつまで?」

「そうね。——一、二年」

「一週間で頼むよ」

「洋服を仕立てるんじゃないのよ」

「見合いさせられるんだ。来週。どうしても断れなくてね。だから、それまでに一つ決めときゃ――」

「ちょっと！　じゃ、私は『滑り止め』ってわけ？」

「いや……。本命、本命」

「怪《あや》しいもんだ」

と言って……亜由美は笑い出してしまった。

「君――」

「誤解しないで。あなたのこと、笑ったんじゃないの。――面白い人ね、あなたって」

「好意の表現？」

「憎悪じゃないわね」

亜由美は率直に言った。「――ねえ、結婚したいの？」

「もちろん」

「じゃ、一つ、頼みを聞いて」

「何でも言ってくれ！」

と、茂木が座り直す。

「そんな大したことじゃないの」

と、亜由美はにこやかに、「一つお見合いしてくれない?」

3　危ない一目惚れ

「何とかしなきゃ」

と、亜由美は言った。

「焦《あせ》るな、って殿永さん、言ったじゃない」

聡子は、のんびりとランチのスパゲッティを食べている。

亜由美が食べていない、というわけではなくて、スパゲッティをもう平らげていたのだった。

ブライダル・スクールの日々も、一週間が過ぎて、二人とも一日の休みもなく、さぼりもしなかった。大学の先生が知ったら嘆いただろう。

五十人からの生徒は、もう三十五人ほどに減って来ている。——亜由美が焦るのにも、理由はあった。

殿永に報告するほどの収穫がないということである。

車にはねられかけたことは、誰にも言っていない。ただの酔っ払い運転だったのかもしれないし……。

茂木が、知らせる、と言い張ったが、

「一言でも洩《も》らしたら、二度と会わない！」

と脅迫しておいた。

「名簿よ」

と、亜由美は言った。「全員の名簿を見て、まず住所をチェック。でも、そのチャンスがねえ……」

そうなのだ。――受付にいる沢井綾子《あやこ》という女性が、いやになるほどキチッとしたタイプで、休み時間などに席を外すことは決してない。

しかも、帰りには、ちゃんと、全部のキャビネットの鍵《かぎ》を確実にかけて行く。たまには忘れないかと思うのだが、よほど責任感の強いタイプと見えた。

「ともかくね、授業中しかないわよ」

と、亜由美が言った。

「何が？」

「あの沢井綾子を受付の席から引張り出すことよ」

「授業中に？」

「そう。――あなた、食べ過ぎて気持悪くない？」

「ちっとも。足らないくらいよ」

「もう！　鈍《にぶ》いんだから！」

と、亜由美は聡子をにらんで、「いい？　よく聞いてよ」

と、言った……。


「あの――すみません」

と、亜由美は、席から立ち上った。

「どうしたの？」

講義しているのは、ちょうど、校長の夕桐麻香だった。

「あの――友だちが気分悪くて。ちょっと、連れ出して来ます」

「分りました。――大丈夫？」

「ええ。よくあるんです。食べ過ぎで」

クラス中がドッと笑った。亜由美に支えられて、歩いていた聡子が、ギュッと亜由美の足を踏んだ。

「いたた……」

「どうしたの？　塚川さんもどこか痛いの」

と、夕桐麻香が訊く。

「いえ……。仲がいいので、痛みを共有してるんです」

わけの分らない説明をして、二人は廊下へ出た。――休み時間は生徒で溢《あふ》れる廊下も、今は人気《ひとけ》がない。

「――何すんのよ！」

と、亜由美が小声でかみつく。

「食べ過ぎはやめるって言ったでしょ！」

もめながら、受付の所までやって来る。

「――どうかしました？」

と、沢井綾子が立ち上った。

「あの……この人、お腹が痛いと言うんで」

「まあ、大変」

沢井綾子は、受付のカウンターから出て来て、「下の医務室へ連れて行ってあげましょう」

「お願いできます？」

「任せて下さい。どうぞ、教室へ戻られて結構ですから」

「お願いします。よろしく」

亜由美は、聡子が、

「痛い……」

と、呻《うめ》きながら、沢井綾子に支えられて歩いて行くのを見送った。

なかなか名演だわ。亜由美は感心した。

エレベーターに、二人が乗って降りて行くのを見届けると、亜由美は受付のカウンターの奥へと入って行った。

入学している女の子たちの申込書を、五十音順に並べた引出しをあける。

田沢賢一が殺されたのと近い場所に住んでいる生徒を捜すのだ。亜由美は手早くファイルをめくっていった。

「ないなあ……。これ――違う。これも――遠いや。――ん？」

見憶えのある住所だ！「あ、私のだわ。――ええと……」

「ちょっと」

と、突然、声をかけられて、亜由美は飛び上りそうになった。

「は、はい！」

振り向くと、カウンターの所に男が立っている。五十歳ぐらいか、自由業風だが、どこかだらしない感じの男だ。

ラフなのとだらしないのとは、はっきり違う。――この男の場合は、どことなく薄《うす》汚《よご》れた感じがする。

「あの――」

と、亜由美が言いかけると、

「校長を呼んでくれ」

と、男は言った。

どうやら、亜由美を事務員と間違えているらしい。――ま、それは当然のことではあった。

「あの――今、校長先生は授業に出ておられまして」

と、亜由美は言った。

「いいから、呼びゃいいんだよ」

と、男はカウンターにもたれる。

亜由美はカチンと来た。この手の男が大嫌いと来ている。

「どちら様でしょう？」

「来りゃ分る、と言いな」

「ご用件は？」

「うるせえ！　早く呼べ！」

と、男が顔を赤くして怒鳴《どな》った。

「お静かに願います」

と、亜由美は言った。「授業の妨害になりますので」

相手がカッカして来ると、ますます冷静になるのが亜由美の性質だ。

「じゃ、頼まねえ」

「お帰りはあちら」

と、エレベーターの方を指す。

男は反対に、教室の方へ歩き出した。亜由美は、素早くカウンターの奥から飛び出すと、男の前に立ちはだかる。

「どけ！」

「ご用なら、授業が終るまで、お待ち下さい」

「この野郎――」

「私は女ですので、『野郎』ではありませんわ」

ここまでやる必要もないのだが、やり出すと、面白くてやめられなくなる。

「生意気言いやがって……」

と、男が亜由美の方へ詰め寄って来る。

「どうなさるんですか？」

亜由美は真直ぐ男をにらみ返した。

一触即発――血で血を洗う大乱闘――まではオーバーでも、火花を散らす一騎討ち、というムード。

そのとき、廊下をやって来る足音があった。

った。

「――お父さん！」

振り向くと、夕桐香子が立っていた。

前に、「お母さん！」と呼ばれたときは、勘違いした亜由美だが、今日は大丈夫だ

すると、この男が、夕桐麻香の別れた夫か……。

香子は、厳《きび》しい目で、男を見ていた。

「お父さん、何の用？」

「香子か……」

と、男は急に勢いを失って、ボソボソと呟くように言った。

「お父さんはここに用ないでしょ」

香子は叩きつけるように言って、「帰ってよ」

「うん……」

男は肩を揺すって、「俺《おれ》が来たことを、母さんに――」

「言わないわ。二度と来ないで」

男も、子供には弱いのだろう。早々に引き上げて行った。

亜由美は、ホッと息をついた。胸がスッとしたのである。

しかし、香子の胸の中は、複雑なものがあろう。

「——時々来るんです」

と、香子が言った。「今は沢井さんが頑張って、帰してくれるけど」

「そう……」

「ご迷惑かけて、すみません」

「いいえ、そんなこと——」

亜由美も、やや気がひける。「でも——お父さんって、何してらっしゃるの？」

「ぶらぶらしてるだけです。前は、よく母から小づかいをせびってました」

「へえ……」

色々苦労ってあるものなんだ。

「いつまでも、母が独りだからいけないんだわ」

と、香子は言った。「そう思いません？　再婚すれば、父だって、もう寄りつかなくなると思うんだけど」

「そうねえ……」

香子の考えも、必ずしも間違ってはいない。

しかし、亜由美としては、結婚も離婚も経験がないので、何とも言えないのである。

「お友だち、どうですか？」

と、訊かれて、

「え?」

一瞬ポカンとして、「ああ!——友だちね。ええ、まあ——死にゃしないでしょ」

ひどい友だちだ。ともかく、今はもうファイルを調べるわけにいかない。

聡子の熱演もむだになってしまった。

そうする内に、沢井綾子が戻って来た。

「——香子さん。今、お父さんがみえてなかった?」

「ええ。塚川さんが帰して下さったの」

「そう! 今、ビルを出てった人、何だかそんな風に見えたから……。すみませんでした」

頭を下げられ、

「いいえ」

と、亜由美は恐縮した。

いささか気が咎《とが》める。

「お友だちの方はご心配なく」

と、沢井綾子が言った。

「ええ。いつも、すぐケロッとしちゃうんです」

「今、救急車を呼んでます。急性の虫垂炎《ちゅうすいえん》だろうというんで、緊急手術の手配もしてあります」

亜由美は目をみはった。

「手術？　救急車？」

「ええ。もう来るころですわ」

「ちょっと——失礼します！」

亜由美はエレベーターへと駆けて行った……。

「もう少しで、痛くもないお腹《なか》を切られるところだったんだからね！」

と、聡子がカンカンに怒っている。

「だから謝ってるじゃないの」

「しかも、何の役にも立たなかったなんて！」

聡子は、すっかりむくれている。

「だから、何でも好きなもの食べてって言ってるじゃない」

と、亜由美は言った。

言うのも当然、茂木が一緒なので、払いは茂木が持つのである。

ホテルのレストランだった。——ホテルといっても、怪しげなものではなく、一流の格式あるホテル。

三人がいるのは、その中で一番庶民的なレストランだった。

「しかし、面白いなあ、君たちは」

と、今日は割合まともな格好の茂木は、笑いをこらえるのに、必死の様子。

「人のことだと思って！」

と、聡子は八つ当り。

「ともかく、早く食事を――」

と、言いかけて、亜由美は、「あ、そうだ！」

と、手を打った。

「どうしたんだい？」

「忘れてたわ。ここで待ち合せてる人がいるの」

「ええ？」

茂木は、がっかりしたように、「早くも振るつもりかい？」

「あら、そんなこと言わないいじゃない」

「それじゃ――」

「ともかく、出ましょ。部屋を取ってあるの」

茂木が目を丸くして、

「僕はいいけど……。君の方は、心の準備があるんじゃないの？」

「何考えてんのよ」

と、亜由美は呆れて言った。

レストランを出ると、エレベーターで最上階へ上る。

「またレストラン？」

と、茂木が目をパチクリさせて、「しかし——ここ、高いんじゃないの？」

「あなたには払わせないわよ」

と、亜由美はどんどん中へ入って行く。

「いらっしゃいませ」

タキシード姿のマネージャーらしい男が出迎える。

「塚川です」

「お待ちでございます」

「お待ち？」

茂木は首をかしげた。——そして、アッ、という顔になる。

「君、もしかして——見合い——」

「そう。いい勘してるじゃない」

亜由美がニヤリと笑う。

「冗談じゃない！」

茂木はムッとした様子で、「君にプロポーズしてるんだぞ」

「いいでしょ、会うくらいなら」

「いやだ。絶対に行かない！」

「もめないでよ、こんな高級な店で」

亜由美は、ぐっと茂木の腕をつかみ、「聡子、お尻《しり》を押して」

「あいよ」

「よせ！――やめてくれ！　助けて！　人殺し！」

この店には二度と来られないわ、と亜由美は思った……。

個室になった奥の部屋へと、ともかくも三人は入って行ったのだが――。

「今日は」

と、香子が立ち上った。「お母さん、うまく騙《だま》して、連れて来ちゃった」

「本当にびっくりしたわ」

と、夕桐麻香が笑って、「こんな企《たくら》みだったなんて」

そう怒っている様子ではない。

「気ばらしです、気ばらし。――こちらが茂木さん。刑事なんです」

「まあ、こんなにお若い方。私より、香子の方がまだお似合いみたい」

「お母さん！」

「はいはい。――ご迷惑《めいわく》でしたわね、茂木さん」

「あ――いえ」

「夕桐麻香と申します。これが娘の香子」

「茂木……です。これが娘の亜由美――いや、女房の――いや、赤の他人の亜由美」

「落ちついて」

亜由美が茂木をつついた。「ともかく、仲良くお食事しましょ」

その点、誰からも反対の声は上らなかった。

「香子から聞きました」

と、麻香が言った。「あの人のことで、ご迷惑かけたわね」

「いいえ。――香子さんがしっかりしてらっしゃるから」

「あの人も気の毒な人なの」

と、麻香は言った。「働き盛りに、体をこわし、クビになって……。次に入った会社は倒産するし」

「お母さんが、そんな風に甘いから、つけ上るのよ」

と、香子は厳しい。

「あなたも、大人になれば分るわ」

と、麻香は微笑んで、娘を見た。

「私、男なんて大嫌い」

と、香子はツンと上を向いた。

亜由美は、その香子の仕種《しぐさ》の可愛さに、思わず笑って、茂木の方を見た。

茂木は――まともでなかった。

何も耳に入らない様子で、ただ目は一点に――夕桐麻香の上にピタリと静止して、動かない。

亜由美も、これには面食らった。

食事が始まると、さすがに茂木も食べ始めたが、目はほとんど麻香にはりついていた。おかげで、スープのスプーンは、しばしば空気をすくっては口へ運んでいた。

――呆れた！　何がプロポーズよ！

どう見ても、茂木は夕桐麻香に一目惚《ひとめぼ》れしてしまったのだ。

亜由美としては、狙《ねら》いが当って、喜んでいいはずだが、一方で、茂木が自分より夕桐麻香へ「乗りかえた」わけだから、内心、やはり穏やかでない。

女心は微妙なのである。

麻香は、さすがに食事中でもエレガントなムードを漂《ただよ》わせて、座を華《はな》やかなものにしていた。

「――ねえ、塚川さん」

と、食事も半ばになったとき、香子が言った。「塚川さんって、探偵さんなんでしょ?」

「え?」

「前に、何かで見たの。殺人事件を解決した女子大生って。——確か、ドン・ファンっていう犬と一緒に」

「まあ、よく知ってるわね」

「どこかで見たことあるなあって思ってたの」

「茂木さんも手伝ってくれたのよ」

と、亜由美は、かなり無理をして、茂木に花を持たせてやった。

「殺人事件?」

麻香が目をみはって、「まあ怖い」

「この間、種田さんのうちの近くで、人が殺されたんですって」

と、香子が言った。

亜由美は、ふと手を止めた。

「種田さん……?」

「ええ。クラスにいる——ほら、背の高い人いるでしょ、いつも後ろの方の席についてる人」

「ええ。あの人のうちの近くで殺人が?」

「雑誌見てたの。お昼休みに。誰かが、その記事を読んで、『種田さんの所の近くでしょ』と言ったのよ」

「で、種田さん、何て?」

「ああそうね、って。気にもしてなかったみたい」

「そう」

「男の人が背中を刺されたんですって。犯人、分んないみたい」

田沢だ! 間違いない。

思いがけないところから、一人は「該当者」が出て来た。

種田……。種田千恵子《ちえこ》だったわ、確か。

「いやねえ、人殺しなんて」

と、麻香が首を振る。

「全くです!」

突然、茂木が大声を出したので、亜由美は思わずナイフを落っことした。

「人殺しなど、この世にあってはなりません。しかし、悲しくも、起ってしまったとき、そのときは、僕が引き受けます。どうかあなたは、そんなものを見ないで下さい。その清らかな瞳で」

亜由美は、かなり焦って、食事を続けた。

「――ありがとう、茂木さん」

と、麻香は言った。「でも、私は離婚もしましたし、そんなに清らかな瞳の持主じゃありませんわ」

「いいえ、あなたの清らかさは、生れつきのものです。――経験や、体験によって汚れることはありません」

亜由美は、茂木がここまで詩人だとは思わなかった……。


「種田千恵子ですね」

殿永は肯いた。「早速当ってみましょう」

「お願いします」

と、亜由美は手帳を閉じて、「茂木さんはあてになりませんから」

「全くのぼせやすい奴《やつ》だ」

殿永は苦笑した。

――亜由美の家の居間である。

「おかげで、振られちゃいましたわ」

と、亜由美は笑って言った。「ねえ、ドン・ファン」

える のだ。

ドン・ファンが、亜由美の足下《あしもと》に寝そべっている。——寝ていると、余計に長く見えるのだ。

「クゥーン」

「また振られたの？」

と、母の清美が、コーヒーを運んで来る。

「お母さんには関係ないの」

と、亜由美は母をにらんで、「早くあっちへ行って」

「はいはい」

清美は、ニッコリ笑って、「殿永さん、娘にいい男の人がいましたら、よろしく」

「はあ」

「お母さん——」

「何でしたら、娘と結婚しないと逮捕する、とかおどしていただいて……」

「それもいい手かもしれませんね」

「ねえ。要は幸せになりゃいいんですから」

と、清美が無茶苦茶な理屈を述べていると、電話が鳴り出した。

清美は出て、

「——はあ。——いらっしゃいます。うちの娘と二人で。——ええ、娘はなかなか美人で」

　亜由美が振り向くと、

「何なの？」

「——殿永さんに、お仕事の電話です」

「や、すみません」

　と、殿永が立ち上る。

「お母さん、仕事の電話に、どうして私のことが出て来るの？」

「別に。出しちゃいけなかった？」

「いいの……」

　亜由美は諦めた。

「——そうか。——分った」

　殿永は、重苦しい表情で、ソファに戻った。

「どうかしたんですか」

　と、亜由美は訊いた。

「——困ったことになりましたよ」

「というと？」

「茂木です。何者かに刺されて、重傷だそうです」

亜由美は愕然《がくぜん》とした……。

4　病院の混乱

「じゃ、早速デートを?」

と、亜由美は訊き返した。

「そのようです」

と、殿永が肯く。「その帰りに、何者かに襲われたということですな」

「でも、誰が……」

「それが分れば逮捕しています」

と、珍しく苛立《いらだ》った様子で言った殿永は、「いや――申し訳ない」

と、息をつく。

「いいえ。私のせいかもしれませんわ」

「そんなことはありません」

と、殿永は首を振った。「あなたが茂木を刺したというのなら別ですが」

「まさか!」

「それなら、あなたのせいではありませんよ」

殿永らしい言い方に、亜由美は、やっとかすかに笑みを浮かべた。

「そう。笑ってこそあなたです」

「何だか私、馬鹿みたい」

――病院へ駆けつけたものの、茂木は意識を失っているということだった。

「どうも」

と、中年の医師がのんびりした足取りで歩いて来る。

「ご苦労様です」

殿永が頭を下げて、「茂木の容態《ようだい》はいかがでしょう?」

「ええ。もう心配ありません」

亜由美はホッと息をついた。

もちろん、茂木が、亜由美のせいで刺されたとは限らない。

「財布などには手をつけていない。強盗などじゃありませんね」

「じゃ、恨《うら》み?」

「刑事ですから、当然恨まれることはあります。よく当ってみましょう」

殿永は医師へ、「話はできますか?」

と訊いた。

「いや——まだ無理ですな」

「じゃ、まだ意識を失っているんですか?」

と、亜由美は思わず身を乗り出した。

「ええ、まあ……」

「だって、もう心配ないって、おっしゃったじゃありませんか」

「いや、大丈夫なんです」

「でも意識が――」

「眠っているんですよ、ぐっすり」

亜由美は引っくり返りそうになった。

「ワン」

ドン・ファンが鳴いた。

「――全く、あいつは」

と、殿永は苦笑した。「絶対大丈夫。あいつは長生きしますよ」

「同感です」

と、亜由美は、廊下の長椅子に腰をおろした。「ああ、拍子《ひょうし》抜けだわ」

もちろん、大したことがないのは嬉しいが、そうなると、またいつもの亜由美に戻ってしまう。

「でも――もし、今度の一件と、関係があるとしたら……」

「そうですね。その可能性はもちろんあります」

と、殿永は肯いた。「茂木も、田沢賢一と同じように、刃物で刺されている。——しかし、同じ犯人だとすると動機は？」

それもそうだ。

「そうだわ」

ふと、亜由美は思い付いた。「もしあの男だったら……」

「あの男？」

亜由美は、夕桐麻香のもとの夫が、ブライダル・スクールへ訪ねて来たことを話した。殿永も興味を覚えたらしい。

「なるほど。それは調べる必要があります」

「あの人、別れてはいても、ああして、麻香さんの所へしつこくやって来るのは、もちろん小づかいをせびったり、ってこともあるでしょうけど、まだ未練があるんだと思いますわ」

「その可能性はありますね。——おや」

バタバタと足音がした。

「あら、校長先生」

夕桐麻香だった。青ざめた顔で、足早にやって来る。

「塚川さん！」

「校長先生。事件のことを……」

「ついさっき聞いて。――茂木さんの様子は？」

「命に別状はないそうです」

「そうですか！――良かった」

と、胸をなでおろしたと思うと、フラッとよろける。

「お母さん！」

後からやって来ていた香子が、急いで駆け寄ると、母親を支えた。「しっかりしてよ！」

「ええ……。大丈夫。――ホッとしただけ」

亜由美は、椅子に夕桐麻香を座らせた。

「すみません。少し休めばよくなりますわ」

麻香は微笑んだ。「――ちょっと顔を洗って来ます。スッキリすると思いますから」

と立って行くのを見送って、

「そんなに茂木さんのことを心配してたのかしら」

と、亜由美が言うと、

「ええ、私もびっくり」

と、香子が言った。「母も、一度デートして、本気になっちゃったみたいです」

「まさか！」

と言っては失礼だが、しかし、亜由美としては、そう言いたくもなる。

「ワン」

と、ドン・ファンも言った（?）。

「でも本当です。帰って来た母、すっかり若返った感じで、『本当に今どき珍しい純粋な人だわ』って……。あの茂木さんって、純粋ですか?」

そう訊かれると、亜由美も殿永も困ってしまう。

「純粋」という言葉の意味にもよるだろう。

「ところでね」

と、殿永が言った。「君に訊きたいんだが、お母さんと別れたという——お父さんね。名前は何といった?」

「父ですか?　水田《みずた》です。水田京一《きょういち》」

「水田……」

殿永の目に、キラッと光るものがあった。亜由美は、素早くそれを見て取った。

「父がどうか……」

「今、どこにおられるか、知ってるかね」

「さあ……」

と、香子は肩をすくめて、「父のことなんて興味ないから」

「なるほど。――しかし、時々会いに来ているんだろ?」

「学校にですか?　ええ。でも、たいてい沢井さんが追い返してくれます」

「君も?」

「見ればもちろん。勝手な人なんです。自分の都合のいいときだけ、父親だとか言って」

と、香子は顔をしかめた。「――母の前では、父のこと、言わないで下さい。人がいいから、つい心配してやっちゃうんで」

よほど嫌っているらしい。――亜由美は、

「お母さん、本当に茂木さんと……」

と言いかけて、ためらった。

「ええ。あの人も母に夢中のようだし、うまく行けば、と思ってるんです」

夕桐麻香と茂木……。いかに亜由美の想像力が自由奔放《ほんぽう》でも、どうしても二人の「新婚生活」をイメージすることはできなかった……。

「――ご心配かけて」

と、麻香が戻って来る。

「お母さん、帰った方がいいよ。私、何ならついてるから」

と、香子が言った。

「いや、そんなことまで、していただくことはありません」

と、殿永が言った。「茂木の奴は、そう簡単には死にゃしませんから」

「いいえ」

と、麻香はきっぱりと首を振って、「私、ずっと、あ、あの人についていてあげます」

「あの人って……茂木さんにですか」

そりゃ他の人についていたって仕方あるまい。しかし、つい亜由美は、そう訊いてしまうのだった。

「はい。愛する人がけがをして入院しているんですもの。そばについているのが、女の喜びというものですわ」

亜由美と殿永は、顔を見合せた。——夢じゃないのだ！　お互い、思いは同じだった。

「香子。家へ帰って、お母さんの身の回りの物、ボストンに詰めて来てくれる？」

「うん」

「どうなさるんですか？」

「病室へ泊り込みます。もちろん」

と、麻香が言った。

「いや、しかし——」

と、殿永が焦って、「茂木は八人部屋に入っているので、とても泊るだけの余地は——」

「では、個室に変えていただきますわ。特別室でも構いません」

「はあ……」

亜由美は呆気《あっけ》に取られていた。

「じゃ、早速、私、病院の人に、話をして来ますから」

と、麻香はさっさと歩き出す。

「母は、こうと決めたら、すぐ行動する人なんです」

と、香子は、あまり驚いた様子もない。

「そうね」

としか、亜由美には言えなかった。

と——廊下を歩いて行った麻香が、ピタリと立ち止った。そして急にガクッと膝をつくと、そのまま床《ゆか》に倒れ伏してしまったのだ。

「——お母さん!」

と、香子が駆け寄る。

亜由美と殿永も、あわててその後を追った。

──どうなってんの？

一人、のんびりとそれを眺めているのは、ドン・ファンだけだった……。

「水田さんですか？　ええ、もちろん存じ上げております」

と、沢井綾子はきっちりした調子で言った。あの、ブライダル・スクールの受付の女性である。

今は授業中なので、人がいない。訊いている殿永の方は、何となくやりにくそうで……。前に、ここへ来て、男でも入学できないか、と粘ったのが自分なのだから、当然のことだ。

そばで聞いている亜由美も、おかしくて仕方なかった。

「まあ、その──校長先生の前の夫だということは……」

「はい、存じております」

「で、ここへ来たら追い返してくれ、と言われていたんだね？」

「さようです」

と、沢井綾子は肯いて、メガネを直した。「会いたくない、と伝えてくれ、ということでしたので」

「君の知っているだけで、何回ぐらい来たかね？　大体のところでいいんだが」

「いいえ。正確に申し上げられます。先日で十七回目でした」

「なるほど。――よく憶えているね」

「馬鹿な男の顔を見るのは、印象が強いですから」

「なるほど……」

「あ、失礼しました」

と、沢井綾子は思い直したように、「一回間違っていましたわ。ここへ入学したいという、変態《へんたい》風の男が一回来たのを、加えてしまっていました」

殿永は咳払いして、

「で、その水田京一の住んでいる所とか、電話とかは知らないだろうね？」

知っているわけがないでしょう、と怒られそうな気がしたのか、殿永は遠慮がちに訊いた。

「正確には存じません」

「というと……大体は分る？」

「はい。新宿《しんじゅく》三丁目の〈K〉というバーにいるようです」

「どうしてそんなことを――」

「ぜひ電話をくれ、ここにいるから、と言って、メモを置いていったことがありますので」

「〈K〉だね？　分った！」

殿永は急いでメモを取った。「そこまで分ってりゃ、正確に分ってるわけじゃないか」

「いいえ」

と、沢井綾子は首を振って、「そのバーの二階にいるのか、それとも一階にいるのかは存じませんから」

「なるほど……」

殿永と亜由美は顔を見合せた。

「――校長先生の容態はいかがでしょう？」

と、今度は沢井綾子が訊いた。

「うん……。正確には分らないが――」

と、殿永もつい言っていた。「過労から来た貧血《ひんけつ》だろう、ということだった」

「そうですか。じゃ、良くなるんですね」

「もちろんさ」

「良かったわ！――あんないい方が病気になるなんて、間違ってるわ。あの元ご主人のせいです！　刑事さん！」

「な、何だね？」

「水田さんを、殺人未遂で逮捕して下さいな！」

「殺人？」

「過労で、奥さんを死の危険にさらしました！」

――殿永と亜由美は、ブライダル・スクールを出て、エレベーターの前まで来ると、顔を見合せて、吹き出した。

「いや、参った！」

と、殿永は首を振って、「しかし、水田もずいぶんしつこくやって来ていたんですな」

「ねえ、嫌われているのが分ってるのに」

「――そうかしら」

と、どこかで聞いた声がした。

振り返って、亜由美は目を丸くした。

「お母さん！」

清美が、澄ました顔で立っていたのである。

「お母さん……。何してんの、こんな所で？」

「お前が、ちゃんと出席してるかどうか、確かめようと思ってね」

と、清美は言った。「そしたら、やっぱりまた刑事さんにくっついて」

「いや、申し訳ありません」

と、殿永は頭をかいて、「私のせいなんです。娘さんの力をお借りして――」

「あら、私が勝手にやってるのよ。お母さん、殿永さんのせいじゃないのよ」

と、亜由美が遮《さえぎ》ると、

「あら、二人でかばい合って」

と、清美は真面目な顔で言った。「あなた方、愛し合ってるの？」

亜由美と殿永は危く二人して引っくり返るところだった。


「――でも、お母さん」

と、亜由美はランチのカレーを食べながら言った。

「さっき、『そうかしら』って言ったのは、どういう意味？」

「私、そんなこと言った？」

――ビルの地下のレストラン。

殿永が、亜由美を「悪の道へ誘《さそ》い込んだ（！）」お詫《わ》びに、お昼をごちそうしたい、と言い出したので、三人で入っているのである。

「ほら、水田京一の話をしてたとき」

「ああ、あれね」

と、清美は肯いて、「殿永さんが、あの受付の女の人と話すのを聞いてたものだからね。水田とかいう人、別れた奥さんの所へ、十七回——十六回だっけ？」

「そう。追い返されても、しつこく来るのよ。男なんて、だらしがないわ」

「でも、そんなに何度も追い返されて、しかもまたやって来る、っていうのはね、やっぱり、他に理由があると思うの」

「どんな理由が？」

「誰かに会いに来るとか……。その人、子供は？」

「いるわ。娘が」

「やっぱりね。娘には弱いでしょう」

「うん……」

亜由美も、水田が、香子に叱《しか》りつけられておとなしく帰って行ったのを見ている。

「そういうタイプの人は、だらしがない代りに、子供を大事にしてる人が多いのよ。だから、子供の顔が見たくて、そんなにしつこく来るんじゃないかしら」

「なるほど」

と、殿永が感心した様子で、「それは的《まと》を射たご意見かもしれませんよ」

「子供の方も、父親が好きだと思うわ、きっと」

「それはないわよ」

と、亜由美が首を振って、「毛嫌《けぎら》いしてるわ、香子さん」

「いや、どうですかな」

と、殿永が言った。

「殿永さんまで、お母さんみたいなこと言い出して」

「茂木が刺されて、あの病院で、私は父親のことを訊きましたね」

「香子さんに？　ええ、それが――」

「あんなとき、父親のことを訊かれたら、父親がやったのかもしれない、と思いませんか？」

「そうね」

「しかし、あの娘は、全くそんなことは考えていないようだった。あのとき、はてな、と思ったのです」

「その娘さん、父親を大嫌いなように見せていても、実際は好きなのよ。――そうじゃありません？」

「同感です」

と、殿永が肯く。

「あら、気が合うのね」

と、亜由美は言ってやった。「お二人、愛し合ってるんじゃないの？」

5　哀しい男

「殺人事件ですって？」

と、その女性は眉《まゆ》を寄せた。

「そうです。この近くで。――男が刺されたのです。ご存知ありませんか」

と、殿永は訊いた。

「さあ……」

と、首をかしげたのは、種田千恵子である。

亜由美と同じブライダル・スクールに通っている、二十六歳の女性。スラリと背が高く、なかなか知的な印象の女性であった。

「それなら、ほら――」

と、お茶を出しに来た母親が言った。「この前、急に雨が降り出した日じゃないの？　お前、濡れて帰って来て、『何だかパトカーが停《とま》ってるよ』って言ってたじゃない」

「ああ！　思い出したわ」

と、種田千恵子が肯いた。「でも、人殺しがあったなんて知らなかった。刺し殺されたんですか?」

「ええ、田沢賢一という男性です。――ご存知ありませんか」

「その人を? いいえ」

と、種田千恵子は目を見開いて、「どうして私が?」

「いや、実は、大変漠然《ばくぜん》とした話なのですが――」

田沢の付合っていたのが「ブライダル・スクール」に通っている女性だったらしい、と殿永が話すと、聞いていた母親の方がムッとした様子で、

「じゃ、うちの娘が殺したとおっしゃるんですか!」

と、かみついて来た。

「いや、そんなことを考えているわけじゃないのです」

と、あわてて言い訳する。「ただ、何分、手がかりに乏《とぼ》しい事件でして……。わらにもすがる思いで――」

「いいじゃないの、お母さん」

と、娘の方は面白がっている。「でも、残念ながら、私じゃありませんわ。そんな、結婚を申し込まれるような相手がいれば、あの学校に高い月謝を払って、通いませんもの」

なるほど、と殿永もその理屈には納得《なっとく》してしまった。――すると、田沢の話という

のも、見栄を張るための出まかせだったのだろうか？

「——念のためにうかがいたいのですが」

「まだ何かあるんですか？」

と、またかみつきそうな母親は無視して、

「あの学校へ通っている人で、この近くにいる方を、ご存知ありませんか」

「この近く……ですか」

種田千恵子は、しばらく首をひねっていたが、「思い当りませんわ。それに、学校といっても、あそこはそんなにお互い、お付合いのあるわけじゃありませんし」

「それはそうですな」

殿永としては、もし犯人があの学校にいた場合、余計な警戒心を与えたくなかったので、名簿を調べることはしたくなかったのだが、こうなっては、やむをえないかもしれない。

「——いやどうも失礼しました」

と、殿永は腰を上げた。

「でも、もちろん——」

と、種田千恵子が言いかけた。

「は？」

「いえ。——早く犯人が見付かるといいですね」

「努力しておりますよ。では、失礼」

玄関まで送りに出て来た種田千恵子へ、殿永は、

「何か思い出したことでもあれば、ご連絡下さい」

「ええ、分りました」

殿永は会釈して、玄関を出た。——あの母親、今ごろ塩でもまいているかもしれない。

ただ、ちょっと気になったのだ。

種田千恵子が、

「でも、もちろん——」

と、言いかけたことが。

何を言おうとしたのだろう?


春の突風が吹きまくる午後だった。

「もういや!」

と、亜由美は、まくれ上りそうになるスカートを、あわてて押えた。

ドン・ファンが、ワンワンと吠《ほ》える。

「喜んでるんでしょ、あんたは。本当に変な犬だわ」

と、亜由美はドン・ファンをにらんでやった。

ドン・ファンの方は、知らん顔で、同様にスカートがめくれてあわてている女の子の方へと目をやっている……。

「――この辺りね」

と、亜由美は、やたらごみごみした裏通りを歩きながら、呟いた。「〈K〉って名だったわね」

夕桐麻香の元の夫、水田京一がいるというバーを捜しているのである。

殿永にはもちろん、断っていない。言えばよせと言われるに決っている。

もちろん、亜由美だって、水田京一が茂木を刺した犯人かもしれない、ってことは分っている。だからこそ、用心のためにドン・ファンを連れて来たのだ。

「ねえ、ドン・ファン、ちゃんと危ないときは私を守って――あれ？」

足下を見たが、ドン・ファンの長い胴体が目に入らない。

振り向くと、ドン・ファン、可愛いホステスの写真を大きく引き伸したポスターの前で足を止めている。

「もう！　ドン・ファン！　クビにするわよ！　エサ、やらないよ！」

と、亜由美が拳《こぶし》を振り回していると、

「あら――」

と、声がした。

ドン・ファンが言ったのでは（もちろん）ない。振り向くと、夕桐香子の顔があった。

「何だ、香子さん」

と、亜由美は言った。「じゃ、お父さんのこと、知ってたの？」

香子は、ちょっときまり悪そうに、

「ええ……」

と、うつむいた。

「やっぱりね」

と、亜由美が肯くと、香子はびっくりした様子で、

「分ってたんですか？」

「そりゃそうよ。ああいう父親はね、子供には弱いもんだから」

と、母親の受け売りをしている。

「隠していて、すみません」

「いいのよ。――あなた、時々こうして会いに来てるの？」

「ええ。でも、母には内緒なんです」

「そう。分ったわ」

「私——父を許してるわけじゃありません。母と私を捨てて、勝手に出て行った人なんですから。でも、夫婦の間って、子供でも分らないものがあるのかもしれない、って、そんな気がして」

なかなか大人である。——私よりよっぽどよく考えてるわ、と亜由美は感心したりしている。

「お母さんの具合は？」

と、亜由美は一緒に歩きながら訊いた。

「ええ、大分いいようです」

と、香子は微笑んだ。「茂木さんのことが心配で、寝てられないみたい」

「幸せね、茂木さんも」

と、亜由美は少々複雑な顔で言った。

「——あ、その〈K〉っていう店です。二階に住んでるはずです」

「誰かと一緒に？」

「ええ。ホステスさんだと思いますけど。結構面白い人なんですよ」

と、香子は言って、〈K〉という店のドアを叩いた。

「しばらく叩いてないと、気が付かないんです」

ドンドン、と派手に叩いていると、

「——あら、香子ちゃん」

と、頭の上の方で声がした。

見上げると、よく太った女が顔を出している。

「お父さん、います？」

と、香子が上を向いて言った。

「それがね、さっき、電話があって、出てっちゃったの」

「そうですか」

「何か伝えとくこと、ある？」

香子は、ちょっと迷っていたが、

「母が、入院したんです」

「まあ、大変！」

「でも、大したことないんです。どこかで聞いて心配するといけないから」

「分ったわ。じゃ、一応伝えとく。——上ってく？」

「いいえ。母の所へ戻ってます。また、電話してみます」

「そうしてちょうだい」

と、女は手を振った。

亜由美は、香子と一緒に、麻香の入院している病院へ行ってみることにした。

ドン・ファンも、置いていかれてはいけないと思ったのか、おとなしくついて来る。

香子の方に興味があるのかもしれない。

――タクシーを病院の前で降りると、二人は顔を見合せた。

パトカーが停っているのだ。

何となく不安になって、廊下を急ぐと、向うから殿永がやって来るのに出くわした。

「殿永さん、何か――」

「やあ、いいところへ」

と、殿永はくたびれた様子で、「大変だったんですよ！」

「母に何か――」

と、香子が青ざめる。

「いや、大丈夫。――実は水田がね」

「父が来たんですか？」

「そう。どこかで入院したと聞いたらしくてね」

「まあ」

と、亜由美はふてくされた。「せっかく会いに行ったのに」

「また勝手なことをしましたね」

と、殿永は苦笑いして、「ともかく、麻香さんに会って、『他の男を好きになった』と聞いて、カーッとなったらしいんです」

「茂木さんのこと？」

「そうです。で、茂木も入院していると分ったので、『どこにいる！』とわめいて、病院中を駆け回り――」

「みっともない」

と、香子はため息をついた。

「病院の人間に取り押えられた、というわけです。今、私も知らせを聞いて駆けつけたところですが、今はすっかりおとなしくなっていて――」

と、言っているところへ、当の水田が、警官に付き添われて出て来た。

「お父さん！」

と、香子がにらんだ。

「香子……。お前も来てたのか」

水田は、照れくさそうに、「いや、またついカッとなってな」

「お母さんは具合が悪いのよ。変なことで心配かけないで」

「うん。――すまん」

水田は、手錠《てじょう》をかけられて、しょんぼりしている。見るからに哀《あわ》れだった。

「殿永さん」

と、亜由美は言った。「手錠を外してあげて」

「え？──ああ、なるほど」

殿永が、警官の方へ肯いてみせる。

手錠を外されて、水田はホッとしたような顔になった。

「まあ、少し留置場で頭を冷やして来い」

と、殿永が、からかうように言った。

「すみません」

と、水田はペコンと頭を下げて、「香子、お母さんを頼むよ」

「お父さんに関係ないでしょ！」

プッと横を向いてしまう。

水田はパトカーに乗せられて行き、香子は病院の中へ入って行く。──残った殿永と亜由美の二人は──。

「ワン」

失礼、ドン・ファンと殿永と亜由美の三人は、何となく間の抜けた沈黙の後、笑い出していた（ドン・ファンは笑ったかどうか定かでないが）。

「で、結局、どうなってんの？」

と、聡子が言った。

神田聡子と亜由美、二人して、亜由美の部屋で引っくり返っている。――ドン・ファンはベッドの下から顔だけ出している。

この物語の冒頭と同様の図であった。

「結局、犯人はまだ捕まらない」

と、亜由美は首を振って、「茂木さんを刺したのが、水田とは考えられないのよね」

「そんなに病院で騒《さわ》ぐんじゃね」

「もちろん、あれがお芝居ってことも考えられないわけじゃないけど――。でも、もしそうなら、大変な名優よ」

「じゃ、茂木さんの事件は、例の田沢――だっけ？　あの男の一件とは関係ないんじゃないの？」

「そうかもしれない」

と、亜由美は肯いた。「でもねえ――まだ何か起りそう」

「どうして？」

「勘よ」

「じゃ当てになんない」

と、聡子はアッサリ言った。

間違って、盲腸《もうちょう》を切られそうになったので、聡子は事件の捜査から手を引いているのである。

「今度は勝手に頭の中でもいじられたんじゃかなわないもんね」

「却って良くなったりして」

——なんてやり合っている。

ドアが開いて、清美が顔を出す。

「お母さん！」

「ノックして。はいはい。——亜由美、今日は学校じゃないの？」

「今日は日曜日でお休み」

「大学は？」

「春休み」

「母親学級は？」

聡子がそれを聞いて、目を丸くした。

「亜由美！　いつ子供ができたの？　誰の子？」

「冗談じゃないわよ！」

亜由美は顔を真赤にして、「お母さん！」

「からかっただけよ」

と、清美はニヤニヤしている。

「用がなきゃ、出てって！」

「はいはい。——あ、そうだ」

「何よ？」

「電話よ。あなたの大事な人から」

——あれで母親か！

亜由美は頭に来ながら、部屋を出た。

「もしもし！」

「あ、殿永です」

「あら、どうも」

「怒ってるんですか？」

「いえ別に……。あの——何か？」

「実は、また事件でして」

「水田が茂木さんを殴《なぐ》ったんですか」

「そんなことじゃないのです」

殿永の口調は沈んでいた。

「誰か——殺された？」

「そうです。種田千恵子が」

「種田……」

あの、田沢が殺された現場の近くに住んでいる女性だ。「でも、お会いになったんでしょ？」

「そうなんです。しかしね……」

殿永が、重い口調で言った。

「じゃ、種田千恵子が、何か知ってたっていうことですか」

「そうらしいです。——今からブライダル・スクールへ行くんですが」

「すぐ行きます！」

亜由美は、飛びはねるようにして、言った。

もちろん、殺人などは起きない方がいい。しかし、起ったからには、その解決に意欲を燃やして、悪いってことはあるまい。

まあ、理屈はともかく——亜由美は二階へと駆け上った。

「どうしたの？」

と、聡子が目を丸くする。

「事件よ。事件！　私、これからブライダル・スクールへ行くわ。聡子、どうする？」

「どうする、って……」

客を放り出して出かけてしまうのでは、客の方もここにいるわけにはいかない。聡子はため息をついて、

「分ったわ。行くわよ」

「あら、無理しなくてもいいのよ」

「今度、救急車に乗るときは、亜由美の番だからね」

と、聡子は言った。

ブライダル・スクールの入ったビルの前で、殿永と沢井綾子が待っていた。

「——わざわざ待ってて下さったんですか」

と、亜由美は、さすが私の魅力、なんて考えている。

「いや、今日は日曜日で、ビル全体がお休みでしょう。なかなか入れないんです。今、管理の人間の来るのを待ってるんですよ」

「あ、そうですか」

少し、ガックリ来た。

「——すみませんね、わざわざ」

と、殿永が言うと、沢井綾子はメガネを直して、

「いいえ、ちっとも。どうせ暇ですから」

「しかし、何かお約束でもあったんじゃありませんか？」

「それ、どういう意味です？」

と、沢井綾子がジロッと殿永をにらむ。

「いや、別に深い意味は……」

「そりゃ私はもてません。ボーイフレンドも恋人も夫もいません。休日は暇を持て余してますわ。それを、そんな風に当てこすらなくても――」

「いや、決してそんな意味では――」

殿永が焦って弁解に努めるのを、亜由美は笑いをこらえながら見ていた。

「――いけません」

と、パッと平静な顔に戻った沢井綾子、「生徒さんが一人亡くなったんです。こんなつまらないことで言い争っている場合ではありません」

「同感です」

「みなさんで合掌《がっしょう》しましょう」

「歌うんですか？」

と、聡子が訊いた。

「『合唱』じゃなくて、手を合せる方の合掌です」

「ああ、そうか」

「アーメン」

——何だかよく分らない内に全員で合掌していると、ビルの管理者らしい男がやって来て、

「あの——ビルのお浄《きよ》めでもやられるんですか？」

と訊いた。

——当然のことながら、ブライダル・スクールのフロアにも、人影はなかった。

「鍵を開けますわ、キャビネの」

と、沢井綾子がバッグを開ける。

「お願いします」

「でも、規則では、生徒さんの名簿の原本はどなたにもお見せしないことになっているんですよ」

「それは承知していますが、殺人事件ですし、校長先生の許可も取ってあります」

「ええ。だから、私もこうして……。この鍵だわ」

と、鍵を取り出す。「じゃ、開けます」

「お願いします」

と、殿永が肯く。

沢井綾子が、鍵を回して、ファイルの入った引出しを開ける。――と、いきなり、バーンという爆発音と共に、火の粉と黒煙が噴《ふ》き上げた。

「キャーッ！」

さすがに、沢井綾子が仰天した。もちろん殿永や亜由美たちも、そしてドン・ファンも、

「ワン！」

と、珍しく（？）犬らしい声を上げたくらいだった。

沢井綾子が引っくり返る。

「しっかり！」

と、亜由美は駆け寄って助け起こした。

「引出し……ファイルが……」

さすがに仕事人間、真先に引出しのことを気にしている。

「畜生！」

いつも紳士《しんし》的な殿永が、珍しい言葉を吐《は》いた。引出しの中が燃え上っているのを、上衣を脱いで、必死で叩いて消そうとする。

「聡子！　水を！」

と、亜由美が叫んだ。

「あ、そうね！――はいはい」

聡子が、急いでトイレに駆けて行くと、亜由美が感心するような早さで、バケツを手に戻って来た。

「ちょうど水入れて置いてあったの！」

「よかった！　早くかけて！」

「うん！」

聡子が、その引出しめがけて、バケツの水をぶちまける――と、ゴオッと凄い勢いで炎が広がった。

「キャッ！」

聡子が目を回した。

「いかん！　こりゃガソリンだ」

殿永が、「退《さ》がって！」

と怒鳴ると、自分で消火器を取って来て、白い消火液を、炎に向って噴射《ふんしゃ》させた。

「――聡子ったら！」

「だって……。水だと思ったんだもん」

聡子が、青くなりながら言った。

やっと火は消えたが、炎の熱を感知して、警報は鳴るわ、消防車は来るわ。大騒ぎになってしまった。

幸い、誰もけがはなかった。ただ、殿永は、上衣が灰と化してしまい、

「まだ月賦《げっぷ》が残ってたんです……」

と、情ない顔で言ったのだったが……。

6　困った昼休み

「人間って、哀《かな》しいもんね」

と、亜由美は言った。

「仕方ないわよ。お金っていうのは、確かに魅力のあるものですからね」

と、清美が肯く。

「いや、全く……」

殿永が、深刻な顔で、首を振った。

塚川家の居間。――清美、亜由美の親子に殿永、ドン・ファンの四人が、沈痛な表情で集まっている。

もっとも、ドン・ファンの表情が「沈痛」だったかどうかは、断定しかねるところだが……。みんなは、別に殿永の、焼けてしまった上衣のことを嘆いているわけではなかった。

もちろん殿永自身は嘆いていたろうし、そのために、夏用の薄手の背広で、寒そうにしていたのだが、問題はもっと重大で、

「殺人犯をゆすろうなんて、とんでもないこと考えたのね」

と、亜由美はため息をついた。

「全くです。あのおとなしそうな女性がね」

おとなしそうな女性とは、殺された種田千恵子のことである。

「あのとき、もっと詳《くわ》しく問い詰めておくんでした」

と、殿永は、悔み切れない様子。

「仕方ありませんよ、今さら」

と、清美がのんびりした調子に戻って、「でも、その人のお母さんはショックでしょうねえ。娘が殺された、っていうだけでも大変でしょうに、人をゆすろうとしてたなんて分ったら……」

「そうですね」

殿永は肯いて、「このことは、マスコミには伏せてありますよ」

「それがよろしいですわ」

と、清美は微笑んだ。

──種田千恵子は、自宅から少し離れた公園の中で、背中を刺されて死んでいた。

その手は、一万円札の大きさに切った白紙を、固く握りしめていたのである。

「彼女には、思い当ることがあったのね」

と、亜由美は言った。

「そう。あのとき、私が言ったのは、田沢賢一の恋人が、あのブライダル・スクールへ通っていて、種田千恵子の家の近くにいるらしい、ということだけです」

「それを聞いて、彼女には思い当る人がいたんだわ」

「犯人は、こっちがスクールの名簿をチェックするのを察して、あんな仕掛で、ファイルを燃やしてしまった」

殿永は、またため息をついた。「ま、誰もやけどもけがもしなかった、というのが、救いです」

「でも、あのキャビネを開けなきゃいけなかったわけでしょ?」

「もちろん、鍵はかけてあったでしょうが、あの場合、こじ開けるのはそう難しくありませんよ。大金庫ってわけじゃないんですから」

「それはそうね」

「発火装置も、まあちょっと知識のある人間なら、簡単に作れるものです」

「おまけに聡子は、みごとに引っかかって、ガソリンをまいちゃうし」

「いや、あの場合は無理ありませんよ。私だって、あわてたら分らない」

と、殿永は苦笑した。

「でも、あんなことしたって、すぐにばれちゃいそうな気がしません? 名簿のファイルなんて、また書いてもらえばいいんですもの」

「犯人はもうあのスクールへ来ないでしょう」

「あ、そうか。それに、もう生徒は申し込みのときの半分になってますものね」

「一応、全員の人に、連絡してくれるよう、呼びかけますが、犯人がそれに応じるとは思えませんからね」

　亜由美はふと、思い付いて、

「待って！」

　と言った。「校長先生が――」

「夕桐麻香が、どうかしましたか？」

「あの人、入学初日で、全部の生徒の顔と名前を憶えてしまうんです」

　殿永は目を丸くした。

「本当ですか？」

「ええ。でも、今でも憶えているかどうか分りませんけど……。そう言ってたわ」

「名前だけでも分れば、簡単に調べられる！　いや、いいことを思い出してくれました」

　殿永は俄然《がぜん》張り切り出した。

「ね、お母さん、私だって、たまには役に立つでしょ？」

　と、亜由美が言うと、清美は真面目な顔で、

「殿永さん、役に立ったごほうびに、この子をもらっていただけます？」

と言った……。

「――学校の方の話は聞いています」

と、夕桐麻香は肯いた。「沢井さん、気の毒に。一人でてんてこまいしてるようですわ」

「お母さん、具合は良さそう」

と、香子が微笑んで言った。「入院してる時の方が、ずっと元気そうなんて変だね」

「茂木さんのそばにいられるからよ」

と、麻香が言うと、また亜由美と殿永は顔を見合せた。

茂木の方の様子はどうなのか、帰りにぜひ覗いてかなくちゃならない、と亜由美は思った。今、亜由美たちがやって来たのは、夕桐麻香の入院している個室。茂木は、少し高い方の四人部屋に移っていた。

「実は、ご存知と思いますが――」

と、殿永は、種田千恵子のことを話すと、

「ええ、種田千恵子さんね。憶えていますわ。でも、殺されるなんて……」

「で、今お話ししたような事情で、生徒さんたちの名前をできるだけ沢山、一人でも多く知りたいのです」

「よく分りました」

「お母さん、得意じゃない」

　と、香子が言うと、麻香は苦笑して、

「もう若くないのよ。それに――」

「茂木さんのこと考えて、頭の中から他のことは消えちゃった？」

「変なこと言わないで」

　と、麻香は赤くなった。「入学式から少し日がたってるし、って言おうとしたのよ。すぐならはっきり思い出せるけど」

「一つ、やってみて下さい」

　と、殿永がノートを構える。

「分りました。ええと……」

　麻香は、じっと目を閉じて、「入学式のとき、話を聞いている生徒さんたちの顔を、一人ずつ憶えていくんです。そして一人一人の自己紹介の特徴と、本人のイメージを結びつけて憶えます。ですから、あのときの光景をこうして思い出さないと、出て来ませんの。少し待って下さい」

　麻香は、目を閉じたまま、

「香子、窓のカーテンを閉めて、部屋を暗くして」

「はい」

香子が素早くカーテンを閉めると、部屋の中が暗く沈んだ。

「塚川さん、恐れ入りますが、しばらくこの部屋に誰も入って来ないように、ドアの前に立っていていただけません？」

「分りました。物音も立てさせませんわ」

亜由美は、張り切って病室を出ると、そのドアの前に立って、ぐいと腕組みをし、ジロッと左右をにらんだ。

通る看護婦や患者《かんじゃ》が、不思議そうに、目をむいて突っ立っている亜由美を眺めて行った……。


二十分もたっただろうか。――いい加減、亜由美の目がくたびれて来たころ、ドアが開いて、殿永が顔を出した。

亜由美、つい、パッと振り向いて、

「うるさい！」

と怒鳴ったので、殿永がギョッとして、ノートを取り落した。

「あ、ごめんなさい！」

「いや、大丈夫。――しかし、大した人ですよ」

と、殿永はドアを後ろ手に閉めて、「結局全員の名前を思い出しました。ただ、一人二人、字が違うかもしれないという人もいましたがね」

亜由美は、思わずため息をついて、

「テストの時だけ、代ってくれないかしら」

と呟いた。

「早速、この名前を当ってみましょう。種田千恵子の近くに住んでいる者が見付かれば……」

二人は歩き出したが、何となく足を止め、「寄ってみましょうよ」

ということになった。

もちろん、茂木の所である。

四人部屋なので、そっと入らなくてはならない。茂木なんか起こしたって構わないが、他の患者が迷惑する――と思ったのである。

ところが……。ドアをそっと開けると、聞こえて来たのは爆笑、といっていいくらいの笑い声。

どうも、あまり気をつかったかいはないようだった。

「――殿永さん」

「うむ」

亜由美の耳に届いて来たのは——といっても、そう遠くからではなかったが——歌声だった。それも「歌」と呼ぶにはかなりためらわれるような、調子外れの歌で、歌詞はどうやら「オオ・ソレ・ミオ」だったが、メロディはむしろ演歌に近い、という奇妙な歌だったのだ。

そしてそれを聞いて、同室の患者たちが大笑いしているのである。

歌っているのは……。殿永としては、自分の目を信じたくなかっただろうが、茂木に違いなかったのである。

「茂木！　何をしてるんだ？」

「あ、殿永さん！　やあ、君もか」

「ワン」

「あ、失礼、ドン・ファンも来てたのか。いや、よく見えなかったんだよ」

これがけが人かという元気の良さ。

「あの——けがはどう？」

と、やや虚《むな》しさも覚えながら、亜由美は言った。

「けが？　ああ、そうか。けがしてたんだ。いや、つい忘れちゃうんですよ」

「ご機嫌《きげん》ね」

と、亜由美は呆れて言った。

「ええ！　幸せ一杯、夢一杯、ってやつです」

「見りゃ分るわ」

このしまらない顔！　亜由美は腹も立ったが、怒るにはあまりに珍妙な顔つきなのである。

「いいか」

と、殿永は汗を拭《ふ》きながら、「幸せなのは大いに結構だが、警察官としての品位と誇りを――」

「野暮を言わないで」

と、向いのベッドのおじさんが声をかけて来た。

「そうだ！　おかげで、こっちは大いに楽しんどる！」

「こんなにいい退屈しのぎはないぞ！」

「頑張れ！」

他の三人の患者が次々に声援するので、茂木は一人ニヤニヤして、

「いやどうも！　ご声援感謝します！――どうも！　どうも！――来る投票日には清き一票を――」

と、茂木も大分悪乗りしている。

「でも、どうして歌ってるわけ？」

「そりゃ、あの人に捧《ささ》げるためです。あの人が今日も来てくれたので、歌って聞かせたんですが、とても賞《ほ》めてくれましたよ」

「賞めて……？」

「ええ。『技巧でなく、心がある』って」

そりゃ、「下手だ」というのと同じ意味じゃないの、と言いたいのを、何とか亜由美はこらえて、殿永と共に病室を出た。

また、演歌風の「オオ・ソレ・ミオ」が追いかけるように聞こえて来た。

「——いや、あいつにも困ったもんだ」

病院を出ると、殿永が言った。しかし、腹が立っている、というよりは、呆れて苦笑いという様子だ。

「幸せなのはいいことだわ。それに——」

と、亜由美は殿永を、ちょっと冷やかすように見て、「日本のお巡《まわ》りさんも、少しああして明るいイメージにしていった方がいいわ」

「なるほど。そういう意見もありますか」

殿永は、ちょっと笑った。「さて、では私は早速、この名前を当ってみましょう」

「頑張って」

と、亜由美は言った。

「ワン」

ドン・ファンにも励《はげ》まされて、殿永は勇ましく歩いて行ったが――。

「いかん。逆の方向だった」

と、あわてて戻って来た。

どうも、茂木の毒気に当てられたらしい……。


困った日、というのがあるものである。

何もかも、うまく行かないという、「厄日」みたいなものだ。

「困ったわ」

と、聡子がため息をつく。

「いいじゃない。ここは私、払うから」

――ブライダル・スクールの昼休み。

色々事件はあったが、学校の方は、いつもの通り開いている。

それには沢井綾子の力が大きかった。ファイルをもう一度作り直すための手間も大変だったが、その前に、火事でめちゃくちゃになった受付を、徹底的に掃除し、何とか執務可能なまでに回復させたのだから大したものだ。

殺人事件のことも、当然報道されていたが、幸い、それでここをやめるという生徒もなく、却って、「面白い話が聞けるんじゃないか」と出席率が上ったというのだから。

三日たって、学校の方は、すっかりいつものペースを取り戻していた。

で、今、聡子は何を困っているかというと――まあまり大したことではなくて、お昼を食べていたら、聡子が財布を忘れて来たことに気付いたのである。

で、亜由美が、ここは払ってあげるわよ、と大きく出た（というほどでもない。何しろ八百円のランチである）のだが……。

「あら、いやだ」

と、自分の財布を開けて、「お金入れて来るの忘れちゃった」

「――どうするの？」

「毎日来てんだから、大丈夫よ。でも――困ったな、帰りに買うものもあったのに」

と、二人して、食べる方はしっかり食べ、それから困っていると、

「どうも」

と、やって来たのが、殿永刑事。

「殿永さん！」

亜由美と聡子は、一緒にニッコリ笑って、「いいところへ来て下さったわ！」

——事情を聞いた殿永は、やっと笑顔になって、

「分りました。このランチぐらい、私が持ちますよ」

「助かった!」

二人して手を取り合い、感激の涙——はオーバーだが、ともかくホッとした。ところが、

「困りました」

と、今度は殿永がため息。

「まさか、財布を忘れたんじゃ——?」

「いやいや、そうじゃありません」

と、殿永は首を振って、「例の名簿ですよ」

「どうでしたの?」

「全部、当ってみたのですが、種田千恵子の家の近くにいる生徒はいないのです」

「まあ、それじゃ……。犯人は別にいる、ってことかしら」

「それか、校長先生が忘れてた人がいたとか……」

「故意にあげなかった人間がいたか、です」

と、殿永が言った。

「それ、どういう意味です?」

「つまり、思い出していても、言えなかった名前があるのかもしれません」

と、殿永が少し声を低くして、「実は――あなた方ならお話しても大丈夫でしょう。あの夕桐麻香というのは本名ではありません。元の亭主、水田は前科のある男でしてね」

「まあ。じゃ、ご存知だったんですね」

「どこかで見た顔だと思ったんです。――水田が横領の罪で逮捕されたとき、一緒に子供を連れて逃亡していた妻も、共犯として捕まったんですが、結局、妻の方は不起訴処分になりました」

「それが校長先生……。じゃ、そのとき連れて逃げてた子というのは、香子さんなんですね」

「そういうことです」

「でも、それと今度の事件と――」

「もちろん、関係ないと思います。妻の方はあそこまで立派《りっぱ》に立ち直っているのですから、私も古傷をつつくつもりはありません。ただ、生徒の誰かが、たまたまそれを知っていたとしたら……」

「それをしゃべらない代りに口止めしたということも――」

「充分考えられますからね」

と、殿永が肯く。「もちろん単純に彼女が思い出し損なった、ということもあり得ますが、たまたまそれが犯人だったというのも、偶然すぎると――」

「しっ！」

と、亜由美は言った。「香子さんだわ」

香子が、何やら浮かない顔で店に入って来た。

亜由美が手を振ってみせると、やっと気付いて笑顔になり、三人の席に加わった。

「――困っちゃった」

と、注文を終えると、香子が言った。

「あなたも財布忘れたの？」

と、聡子が言った。

「お財布？　いいえ、持ってますけど」

と、面食らっている。

「いいの、気にしないで。――で、どうしたの？」

と、亜由美が訊く。

「ええ……。実は、今日も母の所へ行って来たんですけど……。母、茂木さんと結婚する気らしいんです」

「まあ、そりゃ困ったわね」

「いいえ、そうじゃないんです」

と、香子はあわてて言った。「それは構わないんです。母はまだ若いし、男の人といた方がいいと思いますから」

理解のある娘だ。亜由美は感心した。私もお母さんに再婚をすすめてやろうかな。

――ん？　うちには父親もいたっけ！

「ただ――」

と、香子が言った。「再婚して、校長の地位も退く、と言ってるんです」

「へえ。じゃ、学校やめちゃうの？」

「いえ、学校はそのまま続けて……。私に校長になれって言うんですもの」

これには亜由美もびっくりした。

いや、確かに香子はしっかりしているが、それにしても……。

「ねえ。私、十四です。中学生ですよ。どうしてブライダル・スクールの校長、やらなきゃいけないんですか？」

そう訊かれても、亜由美たち三人とも、困っちゃうのである。

「――困ったなあ！」

と、香子が、四人分の思いをこめて言って、この「困ったお昼休み」は終ったのである。

7　新校長誕生

困った、困った、と言いながらも……。

「——今後とも、この学校の運営のために、力を尽くしたいと考えています。どうか、皆さん、お力を貸して下さい」

立派な挨拶だった。——十四歳とはとても思えない。

いや、始まるまでは、聞く方も、半分は興味本位というところがあって——実際、招集された現在の生徒が、今出席しているよりずっと大勢集まったのは、何と十四歳の女の子が新校長の挨拶をやる、というので、それを一つ聞いてやろう、という手合が相当に多かったからだと思われる。

しかし、香子が壇上に立ち、原稿も何もなしに話を始めると、へえ、という雰囲気になり、話が進むにつれて、これは、という目つきになった。

そして挨拶を終えて香子が頭を下げると、ワーッと拍手が起こった。義理や渋々でない、本気の称讃《しょうさん》の拍手だった。

「——凄いわね」

と、聡子が拍手しながら亜由美に言った。

「うん。聡子よりよっぽど上手い」

「何で私が引合いに出されるのよ！」

挨拶が済むと、普通の授業に入る。

亜由美と聡子は、そっちをさぼって、校長室へと行ってみた。

と、入って行くと、校長の椅子にぐったりした様子で座った香子が、

「──おめでとう」

「ああ、くたびれちゃった！」

と、声を上げた。

「立派だったわよ、本当」

「そうですか？　もう、あがっちゃって……」

と、汗を拭《ふ》いている。「お母さんも、来てくれる、って言ってたのに！」

「いいじゃない。充分につとまるわ、あの調子なら」

亜由美たちが祝福していると、沢井綾子が、おしぼりとお茶を持って入って来た。

「はい、校長先生。お疲れさまでした」

「ありがとう、沢井さん。──よろしくお願いします」

「こちらこそ。何でもお申し付け下さい、校長先生」

と、沢井綾子も珍しくニコニコしている。

おしぼりで顔を拭《ぬぐ》った香子は、ホッと息をついてから、

「あ、塚川さん、神田さん。ちゃんとさぼらずに授業に出て下さい！」

と言った。


「――面白かったね」

と、帰り道、エレベーターの所で亜由美は言った。

「テーマが良かった」

と、聡子。

「同感」

今日、最後の授業は、〈いかにして夫とのケンカに勝つか――けがをさせない攻撃法〉というものだったのである。

中年の、かなり逞《たくま》しいおばさんが、生徒を実験台にして、具体的に、エイッ、ヤッ、と攻撃して見せたので、みんな大いにわいたのだった。

「亜由美なら、相手をのしちゃうね」

「やめてよ。私、暴力反対なの」

「よく言うよ」

て来た。

「すみません」

と、かなり近眼らしい、度の強いメガネをかけた生徒の女性が、亜由美に声をかけて来た。

「何ですか？」

「あの——今日の授業のことで。攻撃の方法はよく分りますけど、あんまり相手にダメージを与えないようだと、却って反撃される可能性も高くなると思うんですけど。先生は、どうお思いになります？」

「先生……。私、先生じゃありませんよ。生徒です」

「あら」

と、相手はメガネを直して、「すみません！　本当だわ。今の授業の先生によく似てらしたので、つい……。ごめんなさい」

——亜由美はポカンとして、エレベーターに乗るのも忘れてしまっていた。聡子は、隣で笑い転げている。

「もう！　ふざけやがって！」

と、頭に血がやっと上って来た亜由美は、顔を真赤にして、「あのおばさんと私のどこが似てるってのよ！　ぶっとばしてやるからね！」

と、拳を振り回した。

「亜由美、暴力反対じゃなかったの？」

と、やっと笑いのおさまった聡子が言った。

「場合によるわ」

「それじゃ、反対とは言えないよ」

二人は、やっとエレベーターに乗った。

「それにしたって、ふざけてる！」

と、亜由美はプリプリしながら、「先生と生徒を間違えるなんて！」

「しようがないよ。大体こういう所は、生徒の年齢も一定じゃないんだし……。亜由美。──亜由美、どうしたの？」

亜由美は、何やら呆然《ぼうぜん》としている。そして、

「先生も生徒も……。『通ってる』には違いないんだわ」

と、呟いた。

「何のことよ？」

「──分ったわ。でも……」

「亜由美」

「一体どうすれば立証できると思う？」

「知らないわよ！」

と、聡子は頭に来て言った。


「――沢井さん、今日は悪いけど、お先に失礼します」

と、香子が声をかけると、受付で仕事をしていた沢井綾子は顔を上げた。

「ええ、どうぞ。お母様のお見舞ですか？」

もう七時を過ぎていた。――このところ、雑用や事務の仕事がたまっていて、いつも沢井綾子と香子は、夜八時過ぎまで残って働いていたのである。

「今日はお見舞は休み」

と、香子は笑顔で、「見舞に行っても、当の患者がこっちよりよっぽど活《い》き活きしてんだもの。あれじゃあね」

「お友だちと待ち合せですか？」

「ええ。――ボーイフレンド」

沢井綾子が、ちょっと目を見開いてメガネを直すと、

「まあ、ボーイフレンド？」

「ええ。意外？」

「そんなことありませんよ。香子さん、とても可愛いですもの」

「ありがとう。――ちょっと年上の人なの」

「年上って？」

「今、二十三。――サラリーマンでね、スラッとして、カッコイイの」

「あら、じゃ本当に恋人？」

「まあね」

と、香子は、ちょっと照れたように、「でも、この年齢で校長やってるんですもの。他の方でも大人扱いにしていただかないとね。――じゃ、お先に」

「お疲れさまでした。待ち合せ、何時なんですか？」

「七時」

「まあ、もう五分過ぎてますよ」

「いいの。すぐそこの公園だから。――じゃ、さよなら」

「行ってらっしゃい」

と、沢井綾子は笑顔で手を振った。

エレベーターに飛び込んだ香子は、ビルを出ると、小走りに、すぐ近くの公園に駆け込んだ。

薄暗がりに、スーツ姿の、若い男が立っている。

「ごめん、待たせて」

と、香子は息を弾《はず》ませて言った。

「ワン」

と、その男が――いや、その足下の犬が答えた。

「しっ！　あんたは隠れてるの」

と、小声で言って、「いや、いくらでも待つさ、君のためなら」

「嬉しい！」

香子が、彼の腕にすがるようにして、公園の中を歩き出す。

「――大丈夫？」

と、低い声で囁いたのは――亜由美である。

背広、ネクタイという男のスタイル。髪も短くして、ベタベタとチックで固めてしまっている。

宝塚の男役、というムード。

「ええ。――でも、本当に？」

「やってみるのよ」

二人は、恋人同士のように、ピッタリと寄り添って、公園の中を、ゆっくりと歩いて行った。少し遅れて、ドン・ファンがノソノソとついて来る。

広い公園なので、いい加減歩きでがある。

「くたびれた」

と、慣れない格好の亜由美が息をついた。

「あのベンチに座ろう」

「ええ……」

何しろ春の夜だ。公園のベンチも、ほぼアベックで満杯。やっと空席を見付けて、腰をおろす。

――少し前から、二人の後を尾《つ》けていた人影が、スッと、道から植込みの間へ姿を消した。

「もっとくっついて」

と、亜由美が言った。

「でも――」

「男じゃないんだから、大丈夫」

「男の人だったら、もっとくっつくんですけど……」

なかなか可愛い顔で、言うことは言うのである。

「男嫌いの人っているのよ」

と、亜由美が低い声で言った。「触られるのもいやっていう人がね。――ごく普通のお付合いならできても、手を握られるのは堪《た》えられないとか……」

「じゃ、その人も――」

「ただの友だち付合いなら良かったけど、強引にキスされて、つい刺してしまった……。その人にとっては、身を護るためだったのよ」

「でも、どうして茂木さんを――」

「その人にとっては、あなたのお母さんは、男の力を借りず、一人であれだけの仕事をやりとげた、理想の人だったのよ。それが、茂木さんに恋をした」

「裏切られたと思ったんですね」

「そう。そしてやっと諦めたところへ、あなたまでが、恋人を作った。――許せなくて、必ず殺しに――」

「ワン！」

とドン・ファンが吠える。

二人のベンチのすぐ後ろで、茂みがザワついた。

「殿永さん！」

と、亜由美は叫んだ。

誰かが、ぶつかって、もつれ合っているようだった。

「――大丈夫。逮捕しました」

と、殿永が、息をついた。

引張られて、立ち上ったのは、沢井綾子だった。

「沢井さん……」

と、香子が言った。

何も言わずに、沢井綾子は殿永に促《うなが》されて歩いて行った。

――田沢賢一は、恋人が、あのブライダル・スクールへ通っていると言った。

通っているのは生徒だけではない。事務員だって通っているのだ。

田沢は嘘《うそ》をついたわけではなかった。

ただ、事務員の住所まで調べようとは誰も考えなかったのである。


「種田千恵子は、家の近くで、時々沢井綾子を見かけていたんですよ」

と、殿永が言った。「だから私の話を聞いたとき、生徒は近くにいないけど、『でも、もちろん、受付の人なら』と言いかけたんです」

「そのとき話してくれれば良かったのにね」

と、亜由美は言った。

「全くです。しかし、自分もお金が必要だったので、とっさに、これで少しお金がゆすり取れる、と考えてしまった」

――今日は、ブライダル・スクールの〈春休みコース〉の修業式である。

亜由美たちも、校長の夕桐香子から、修業証書を手渡された。

今、校長室で、香子の戻って来るのを待っているところだった。聡子も、もちろん一緒だ。そしてドン・ファンも。

「――ああ疲れた！」

と、スーツ姿で、どう見ても十八、九の香子が、胸に大きな花をつけて、入って来る。

「ご苦労さま。立派だったわ」

「そうですか？――また冷汗《ひやあせ》」

と、椅子《いす》にかける。「本当に色々、お世話になって」

「いいえ。でも、いい受付の人が見付かるといいわね」

「ええ、もう見付かったんです」

「まあ、もう？」

ドアが開くと、お茶とおしぼりを持って入って来たのは――夕桐麻香だった！

「はい、校長先生」

「ありがとう、お母さん」

と、香子は笑って言った。

「当分は私もついてないと」

と、麻香が微笑む。

「そうだわ」

と、香子が言った。「殿永さん、一つお願いがあるんですけど」

「ほう？　私にできることなら」

「ええ。母と茂木さんの仲人《なこうど》をやって下さいな」

殿永が青くなる。

「いや――しかし――そういうことは苦手でして――」

「だめよ、殿永さん」

と、亜由美がつつく。「事件解決に協力してくれた市民への義務です！」

「ワン！」

と、ドン・ファンが一声鳴いた。

実業之日本社文庫 あ1 24

逃《に》げこんだ花嫁《はなよめ》

2022年12月15日　初版第1刷発行

著　者　赤川次郎《あかがわじろう》

発行者　岩野裕一
発行所　株式会社実業之日本社
〒107-0062　東京都港区南青山 5-4-30
emergence aoyama complex 3F
電話 [編集]03(6809)0473 [販売]03(6809)0495
ホームページ　https://www.j-n.co.jp/
印刷所　大日本印刷株式会社
製本所　大日本印刷株式会社

フォーマットデザイン　鈴木正道(Suzuki Design)

ISBN978-4-408-55772-4（第二文芸）